Uległa Kucharz i inne historie

Erika Sanders
Seria
Dominacja i erotyczna uległość

Streszczenie

Książka ta składa się z następujących historii:
Uległa Kucharz
Zdradzony
Lepiej w trójkącie

Uległa Kucharz to powieść o silnych treściach erotycznych BDSM i z kolei nowa powieść należąca do zbioru Erotic Domination, serii powieści o dużej zawartości romantycznej i erotycznej BDSM .

(Wszystkie postacie mają ukończone 18 lat)

Notatka pisarka:

Erika Sanders to znana na całym świecie pisarka, tłumaczona na ponad dwadzieścia języków, która swoje najbardziej erotyczne, odbiegające od zwykłej prozy pisarstwo, podpisuje panieńskim nazwiskiem.

Indeks

ULEGŁA KUCHARZ I INNE HISTORIE
ERIKA SANDERS

ULEGŁA KUCHARZ

8

CZĘŚĆ PIERWSZA
WZAJEMNA ZGODA

ROZDZIAŁ 1

List był błogosławieństwem.

Ledwo mogłam powstrzymać łzy.

Cristina właśnie ukończyła studia kulinarne, a jej nowa firma cateringowa miała trudny początek.

Stał w swoim małym mieszkaniu i przeglądał każde słowo odręcznie napisanego listu.

Droga Cristino,

Mam nadzieję, że ten list dotrze do Ciebie. Wybacz, ale nie korzystam z poczty elektronicznej. A ja generalnie nie lubię rozmów telefonicznych. Wyszedłem z mody.

Jestem znajomym twojej matki. Spotkaliśmy się krótko na imprezie u wspólnego znajomego kilka tygodni temu. Twoja mama kilka razy mimochodem wspomniała o Twojej firmie cateringowej. Pomyślałem o tym i brzmi interesująco. Nigdy wcześniej nie zatrudniałam firmy cateringowej.

Jeśli jesteś zainteresowany nowym klientem skontaktuj się ze mną, a być może uda nam się wypracować porozumienie. Jestem okropną kucharką. I słyszałem, że jesteś bardzo dobry.

Pozdrawiam i życzę powodzenia w prowadzeniu firmy,
Paweł

Wreszcie, pomyślała. Szczęście zaczęło do niego przychodzić.

ROZDZIAŁ 2

Tydzień później.

Cristina jechała przez zamożną dzielnicę swoim starym, zdezelowanym samochodem.

Wyraźnie przyciągał uwagę, ale nie dbał o to.

Byłem szczęśliwy, że znalazłem się w tej okolicy w poszukiwaniu potencjalnej pracy.

Zaparkował przed wejściem pod wskazany przez niego adres.

Nie miałam pojęcia, jak wygląda Paul.

Ich jedyną prawdziwą interakcją była krótka rozmowa telefoniczna w celu umówienia spotkania.

Krystyna zapukała do drzwi.

Odpowiedziała starsza, czarna kobieta.

Kobieta miała na sobie strój pokojówki.

Kobieta zachowywała się dziwnie cicho, kiedy na siebie patrzyli.

– Cześć – powiedziała niezręcznie Cristina. – Przyszedłem zobaczyć się z Paulem.

Stara czarna kobieta skinęła głową.

"Chodź tu."

Cristina weszła, a pokojówka zamknęła drzwi.

Pokojówka poprowadziła ją po schodach dość dużego domu.

Cristina rozglądała się oczami pełnymi zazdrości.

Wszystko było stare, ciemne i rustykalne.

Wszędzie wisiały antyki.

Na ścianach wisiały klasyczne obrazy.

Wyszli na korytarz i pokojówka otworzyła drzwi po zapukaniu.

Cristina weszła, a potem pokojówka wyszła.

To był pokój biurowy.

Paweł siedział za biurkiem i pracował.

Był przystojnym mężczyzną w wieku około 40 lat.

Miał kamienny wyraz twarzy, którego nie dało się odczytać.

Jego twarz była idealna do pokera.

Jego twarz pozostała bez wyrazu.

– Proszę usiąść – powiedział.

Cristina była onieśmielona jego obecnością i własnym brakiem doświadczenia biznesowego.

Nigdy wcześniej nie zawierałem transakcji.

Usiadła przed swoim biurkiem.

„Musisz być nowy w tej branży" – powiedziała.

"Dlaczego to mówisz?"

„Wyczułem twoją nerwowość, kiedy przyszedłeś. Powinieneś spróbować się zrelaksować. Nie martw się, jestem tu, aby ci pomóc we wszystkim, czego potrzebujesz".

Posłała niezręczny uśmiech.

"Będę o tym pamiętać."

„OK. A teraz opowiedz mi o swojej firmie cateringowej".

„Cóż, to wciąż całkiem nowe" – powiedział po chwili namysłu. „Mogę przygotować posiłki pod Twoje konkretne preferencje. Jeśli potrzebujesz cateringu na imprezę, mogę zatrudnić dodatkowe osoby. Mam wielu znajomych ze szkoły kulinarnej."

– To nie będzie konieczne. Wolałbym, żebyś pracował sam. W ten sposób będzie mniej kłopotów.

Krystyna skinęła głową.

„Zakładam, że mieszkasz sam i chcesz, żebym przygotowywał dla ciebie posiłki?"

"Bardzo mądry."

– Czy miałeś na myśli jakąś konkretną umowę?

„To zależy" – odpowiedział Paul. „Jesteś zajęty? Czy jesteś zajęty?"

Posłała mu zawstydzony uśmiech.

– Wręcz przeciwnie. Jesteś moim pierwszym prawdziwym klientem. Robiłem tu i ówdzie drobne rzeczy. Głównie dla przyjaciół mojej mamy, którzy wyświadczali mi przysługę.

„Chcesz darmowej porady biznesowej? Nigdy nie ujawniaj słabości. Nie brzmi to dobrze".

– Och, jasne. Zapamiętam.

„Co do porozumienia" – odpowiedział Paul. „Czy mógłbyś przygotować dla mnie posiłki? Lunch i kolację".

„Jasne. To nie będzie problem."

„Wspaniale. Chciałbym, aby posiłki były dostarczane do mojego domu punktualnie o 11:30 od poniedziałku do piątku".

– Oczywiście – zgodziła się.

„Ta umowa będzie obowiązywać co najmniej przez kilka następnych miesięcy. Każdy z nas ma możliwość odstąpienia od umowy w dowolnym momencie. Rozumiesz?"

"Tak, rozumiem."

"Doskonały."

„Czy masz jakieś preferencje żywieniowe?" – zapytała Cristina. „Moja specjalność to francuski, włoski i różne style azjatyckie..."

Potrząsnął głową.

– To nie ma znaczenia. Po prostu przyprowadź ją na czas.

"Dobrze."

„Teraz porozmawiajmy o liczbach. Jak według ciebie brzmi 100 dolarów dziennie? Czy to sprawiedliwe?"

Oczy Cristiny rozszerzyły się.

Praca i oferowana kwota przerosły moje oczekiwania.

Uświadomiła sobie, że musi wyglądać głupio ze szczenięcym wyrazem twarzy, więc odzyskała panowanie nad sobą.

– To brzmi rozsądnie – odpowiedział spokojnie. – Tak, w porządku.

– W takim razie postanowione. Możesz zacząć jutro?

„Nie ma problemu. Ale czy na pewno nie chcesz najpierw spróbować mojej kuchni?"

„Szczerze mówiąc, nie zwracam uwagi na smak jedzenia. Chodziłeś do szkoły kulinarnej. To mi wystarczy. Nie chcę się martwić o jedzenie, kiedy pracuję".

Krystyna skinęła głową.

„OK. Rozumiem. Mogę zapytać, czym się zajmujesz? Twój dom jest piękny. Uwielbiam rustykalny klimat."

„Zrobiłem w życiu kilka rzeczy. Obecnie jestem handlarzem dziełami sztuki. Handluję też rzadkimi antykami. W tej chwili skupiam się na pisaniu".

"Co piszesz?" zapytała.

„Pamiętnik. Nie twierdzę, że jestem kimś sławnym czy ważnym. Ale mam kilka historii, którymi mogę się podzielić. Byłoby szkoda, gdyby nikt ich nie słyszał. Pracuję też nad kilkoma książkami beletrystycznymi".

„Och, to brzmi interesująco. Może kiedyś uda mi się je przeczytać. Uwielbiam czytać biografie i wspomnienia".

Paweł uśmiechnął się lekko.

– Nie sądzę, że byłbyś zainteresowany.

"Dlaczego nie?"

„To przypuszczenie. Ale kto wie? Czasem się mylę w tych sprawach".

– OK – Cristina niezdarnie skinęła głową.

Paul wstał i podszedł do Cristiny.

Zrozumiała i też wstała.

Paul był od niej prawie o stopę wyższy.

Jego sylwetka górowała nad szczupłym, drobnym ciałem Cristiny.

Wyciągnął rękę i uścisnęli sobie dłonie.

„Oficjalnie osiągnęliśmy porozumienie" – powiedział. „Pierwszy zestaw posiłków spodziewam się jutro o 11:30. Nie spóźnij się. Nie toleruję nieposłuszeństwa".

Przełknęła.

"Tak jest."

ROZDZIAŁ 3

Cristina nadal była pod wrażeniem spotkania z Paulem.

Położył się na łóżku i patrzył w sufit.

Oferta wydawała się zbyt piękna, aby mogła być prawdziwa.

To było prawie niewiarygodne.

Ale bałam się, że to był okrutny żart, pomyślałam.

Wziął telefon i zadzwonił do matki.

Jego matka zawsze odbierała jego telefony po kilku sygnałach.

Kiedy odebrał telefon, Cristina nie marnowała czasu i wszystko mu wyjaśniła.

Nie szczędzono żadnych szczegółów.

Cristina opowiedziała matce wszystko o ofercie i wszystkich uczuciach, jakie towarzyszyły jej, gdy poznała Paula.

„To wspaniale" – odpowiedziała jej matka.

„Wiem. To trochę szalone, prawda? Ale nie uwierzę w to wszystko, dopóki nie dostanę twoich pieniędzy. Do tego czasu wyobrażam sobie najgorsze".

„Skoncentruj się na pozytywnych myślach, Cristina. Twój biznes w końcu nabiera rozpędu".

– Mam taką nadzieję. To znaczy 100 dolarów dziennie za dwa posiłki? Nawet jeśli mnie zwolni w przyszłym tygodniu, nadal będę zadowolony, że zarobiłem tyle pieniędzy.

– Nie martwiłbym się tym.

"Co masz na myśli?" – zapytała Cristina.

„Najwyraźniej Paul ma duże rezerwy finansowe".

„Zdałem sobie sprawę. Jego dom był jak muzeum".

„Proszę bardzo. Nie musisz się martwić, że jego finanse się skończą. Po prostu zapewnij mu radość, oferując wspaniałe posiłki, wspaniałą obsługę i nie spóźnij się".

– Co wiesz o tym gościu? – Cristina zapytała poważniejszym tonem. – Wydaje się trochę dziwne, prawda?

Jego matka zamyśliła się na chwilę.

– Jakimś cudem. Spotkałem go tylko raz na imprezie. To bardzo mądry facet. Żadnych bzdur. Prosto.

„To na pewno on" – zażartowała Cristina.

– Jednak nie lekceważ go. Najwyraźniej jest ulubieńcem kobiet.

"Naprawdę?"

„Tak słyszałem. Upewnij się, że trzymasz się z daleka od jego nieodpartego uroku" – zażartował.

„Bardzo zabawne" – odpowiedziała Cristina. „Jednak zdecydowanie nie w moim typie. Za stary. I zbyt nudny".

„Cieszę się, że Twoja firma świetnie się rozwija".

"Zobaczymy."

„Skup się na pozytywnych myślach, Cristina".

ROZDZIAŁ 4

Minęły tygodnie.

Cristina przygotowała już dla Paula dziesiątki posiłków.

W tym czasie zarobiła tysiące dolarów.

Codzienność była zawsze taka sama.

Wstań wcześnie rano.

Kucharz.

Wszystko ostrożnie umieść w pojemnikach.

Zabierz go do domu Paula przed 11:30 rano.

Nigdy się nie spóźniaj.

I nigdy nie bądź nieposłuszny.

Któregoś dnia Cristina została poproszona o przygotowanie lunchu, który przyniosła, na talerzu w kuchni.

Więc to zrobiła.

Pierwszy raz wykonywałam zadania w kuchni Pawła.

Była dumna ze swojego jedzenia.

Wiedział, że smakuje dobrze, mimo że Paul nigdy go nie pochwalił.

Zszedł po schodach w zwykłym ubraniu.

Jak zwykle jego twarz była niemal pozbawiona wyrazu.

Spojrzał na jedzenie podane na stole i nie zawracał sobie głowy komentowaniem tego.

– Mam już iść? – zapytała Cristina niezręcznie.

– Zostań na chwilę. Chcę cię o coś zapytać.

"Dobrze."

Paul siedział przy stole w jadalni, podczas gdy Cristina stała.

„Jakie inne usługi oferujecie?" spytał. „Oprócz gotowania".

Cristina była zaskoczona i nie ustępowała.

Przygotowywał się na dalsze postępy.

Byłem przygotowany na molestowanie seksualne.

"Świadczę uczciwą usługę cateringową. Gotuję wykwintne posiłki. To wszystko. Jeśli szukasz innych usług, sugeruję poszukać gdzie indziej."

"A czemu to?" – zapytał surowo.

„Szczerze mówiąc, nie jesteś w moim typie".

– Ty też nie jesteś w moim typie.

Poczuła się jeszcze bardziej urażona.

„Słuchaj, myślę, że nasz układ działa dobrze. Niech tak pozostanie. Nic innego nie zadziała".

„Myślisz, że proszę o przysługi seksualne?" spytał.

Krystyna zamarła.

– To nie jest tak?

– Nie wierzę w to.

Jego twarz zrobiła się czerwona jak burak.

– Och, przepraszam pana.

„Zapomnij o tym" – odpowiedział. „Pytam, bo moja pokojówka wkrótce odchodzi na emeryturę. Jeśli masz dodatkowy czas, może mógłbyś mi pomóc w sprzątaniu".

"Co powinienem zrobić?"

„Nic trudnego. Umyj naczynia. Utrzymuj wszystko w czystości."

– Będę musiał o tym pomyśleć.

„Oczywiście zostaniesz dobrze wynagrodzony" – odpowiedział. „I nie martw się, nie poproszę cię o seks. Nie jesteś w moim typie."

Znów się zarumieniła.

„Przepraszam za wcześniej. Ale rozważę to. Dlaczego nie?"

„Proszę rozważyć ofertę. Moja praca przebiega sprawnie i byłbym wdzięczny za pomoc w utrzymaniu domu."

– Nie wychodzisz zbyt często, prawda?

„Zwiedziłem już świat i widziałem wszystko" – odpowiedział. „W tej części mojego życia skupiam się na pisaniu. Czasami wychodzę. Nadal uwielbiam ćwiczyć. Ale nie chcę się martwić utrzymaniem domu. Wyglądasz na zdolną młodą kobietę, więc oferuję ci dodatkowa praca."

Krystyna skinęła głową.

– To bardzo hojne z twojej strony.

„Za dodatkowe pieniądze możesz kupić sobie nową garderobę i nowy samochód".

Poczuła się trochę zaniepokojona tą uwagą.

„Rozumiem. Potrzebuję pieniędzy. Nie musisz mi ich wcierać w twarz".

– Nie próbowałem tego zrobić.

„OK. Zrobię to. Wykonam dla ciebie dodatkowe sprzątanie."

– Doskonale – odpowiedział z rzadkim uśmiechem. „Później omówimy teren".

Podeszła do Paula i wyciągnęła rękę do uścisku dłoni.

Paul wstał jak dżentelmen i uścisnął jej dłoń.

Umowa została przypieczętowana.

CZĘŚĆ
DRUGA ZAMKNIĘTE DRZWI

ROZDZIAŁ 5

Cristinie udało się znaleźć innych klientów do drobnych zleceń.

Ale większość swojej pracy wykonał dla Paula.

Przygotowywała posiłki na każdy dzień tygodnia.

Z czasem zaczęła dla niego wykonywać coraz więcej pracy.

Za dodatkowe pieniądze wykonywała drobne prace porządkowe.

Cristina zawsze była osobą niezorganizowaną, jeśli chodzi o prace domowe, więc ironią losu było dla niej to, że zajmowała się tym za kogoś innego.

Ale pieniądze były dobre, więc go to nie obchodziło.

Naczynia trzeba było sprzątać i układać w określony sposób.

Okna musiały być nieskazitelne.

Meble musiały być wolne od kurzu.

Paul sam sprzątał podłogi.

Paweł był bardzo specyficzną osobą.

I te cechy czasami doprowadzały Cristinę do szaleństwa.

Ale pieniądze były dobre.

W pewnym sensie Cristina była dumna, że mogła pomóc Paulowi.

W jakiś dziwny sposób czułem, że pomagam Paulowi osiągnąć jego cel, jakim jest możliwość pisania książek.

Dbała o niego jako o osobę.

ROZDZIAŁ 6

Stół w jadalni był uporządkowany.

Przygotowano lunch.

Cristina spojrzała na talerz i podziwiała swoje piękne dzieło.

Szkoła kulinarna była tego warta.

Nie mógł się doczekać, aż Paul spróbuje, mimo że Paul nigdy nie prawił komplementów.

Paul wyjątkowo spóźnił się na kolację.

Nigdy się nie spóźniał.

Drzwi na piętrze były lekko uchylone i Cristina słuchała, jak wściekle używa się klawiatury.

Wiedziała, że nadal jest zajęty.

Podeszła do schodów i zastanawiała się, czy powinna do niego zadzwonić, czy nie.

Nie chciała zakłócać swojej pracy.

Wiedziała jednak, że Paweł był człowiekiem potrzebującym porządku.

Może straciłeś poczucie czasu?

Wtedy ją zobaczyła.

W pobliżu schodów drzwi były otwarte, lekko uchylone.

Był to pokój, który według Paula był niedostępny.

Paul chciał, żebym posprzątał wszystkie pokoje z wyjątkiem tego pokoju.

Ciekawość Cristiny osiągnęła szczyt.

Wciąż słyszałem, jak Paul pisał na górze.

Chciała rzucić okiem na sekretny pokój.

Chciałem poznać małe sekrety Paula , nieważne jak małe.

Interesowała się nim.

Zainteresował ją mężczyzna, któremu służyła od tygodni.

Zrobił kilka spokojnych kroków w stronę drzwi.

Wsunęła głowę do środka.

W pokoju było ciemno.

Włączył włącznik światła i pokój był jasno oświetlony.

Ku zaskoczeniu Cristiny sypialnia była najmniej eleganckim miejscem w domu.

Ale wszystko wyglądało jak antyki.

Wszedł i rozejrzał się.

Było wiele różnych urządzeń drewnianych i metalowych.

Projekty wyglądały na pochodzące z czasów średniowiecza.

Urządzenia wydawały się wystarczająco duże, aby można było na nich usiąść lub położyć się.

Na ścianie wisiało kilka biczów i łańcuchów.

Na pobliskim stole leżało wiele lin.

Cristina dotknęła palcem metalowego urządzenia.

Pokazała mu palec i spojrzała na niego.

Czubek jego palca pokryty był cienką warstwą kurzu.

Pokój nie był używany od dłuższego czasu.

– Nie powinieneś tu być – powiedział Paul z tyłu.

Cristina była zaskoczona dźwiękiem jego głosu i podskoczyła.

Odwróciła się i zobaczyła Paula stojącego przy drzwiach.

"Oh przepraszam."

- Czy nie mówiłem, że ten pokój nie należy do twoich obowiązków? – zapytał, niedbale wchodząc do środka.

– Wiem. Ale było otwarte i byłem ciekawy. Pomyślałem, że może chcesz, żebym to posprzątał.

– Nie. Planowałem później sam to posprzątać.

Krystyna przełknęła.

„Twoje jedzenie jest gotowe. Zaczyna robić się zimno".

„To może poczekać" – odpowiedział, wchodząc do pokoju, aby obejrzeć urządzenia . „Musisz się zastanowić, o co w tym wszystkim chodzi".

„Wygląda jak średniowieczna sala tortur".

„Masz prawie rację. Niektóre z tych rzeczy zbudowano wieki temu, w czasach średniowiecza. Ale niekoniecznie do tortur".

– W takim razie po co?

„Przyjemność. Przyjemność seksualna" – odpowiedział bez ogródek. Krystyna była zaskoczona.

„Nie mogę sobie wyobrazić jak. Te rzeczy wyglądają tak boleśnie".
"O to chodzi."

– Więc w zasadzie są to urządzenia służące do niewoli?
Pokiwał głową.

„Te fetysze istnieją od wieków. Uwierzysz, że te urządzenia zostały zbudowane dla rodzin królewskich i szlachty?"

„Nie byłbym zaskoczony. Większość bogatych ludzi jest trochę zdeprawowana".

Uniósł brwi.

– Czy to obejmuje mnie?

– O nie, nie miałam na myśli ciebie – wycofała się szybko.
"Tylko żartowałem."

Krystyna zrelaksowała się.

„Oczywiście. Więc dlaczego te wszystkie rzeczy są zamknięte w tym pokoju? Dlaczego nie sprzedasz ich do muzeum czy coś?"

„Może kiedyś. Ale na razie piszę o nich w swojej książce. Planowałam też zrobić im zdjęcia. Dlatego sala była otwarta".

„Twoja książka musi być interesująca".

„Mam taką nadzieję" – odpowiedział. „Pisałem o seksie. O dominacji seksualnej i niewolnictwie".

Cristina uniosła brwi.

„Naprawdę? Nie wydajesz się typem człowieka do takich rzeczy."

– Więc na jakiego faceta wyglądam?

„Nie wiem. Miękkie. Truskawkowe. Bez urazy."

„Bez urazy" – odpowiedział. „Wiele lat temu byłem zupełnie inną osobą. Nie zawsze byłem taki zamknięty w sobie".

"Co się zmieniło?"

Paul potarł palcami metalowe urządzenie.

„To długa historia. Możesz przeczytać moją książkę, kiedy skończę ją pisać".

„Cóż, nie mogę się doczekać. Wygląda na to, że masz kilka ciekawych historii do opowiedzenia".

„Czy wiesz, kim jest Mistrz?" spytał.

– Tylko podstawy – wzruszył ramionami. „Facet, który rządzi kobietami. Bicze. Łańcuchy. Klapsy. Tego typu rzeczy, prawda?"

„W pewnym sensie. Byłem mistrzem dla wielu uległych kobiet. Pięknych kobiet o mrocznych pragnieniach".

– Uderzyłeś ich? – zapytała z zaciekawieniem.

"Czasami."

„Co jest nie tak z tymi urządzeniami?" zapytała. – Czy kiedykolwiek użyłeś ich na swoich niewolnikach?

„Czasami. Ale metody nie są ważne. Nie chodzi o klapsy ani o urządzenia. Chodzi o poddanie się. Dają mi swoje ciała. I robię z nimi, co chcę. W końcu przyjemność jest obopólna".

Cristina milczała przez chwilę.

Spojrzał Paulowi prosto w oczy i wiedział, że każde jego słowo jest prawdą.

Wiedziała, że było to coś, z czym Paul miał już doświadczenie.

Wiedziała, że było to coś, czego Paul pragnął jeszcze raz.

„Twoje jedzenie stygnie" – powiedział.

– Tylko o to ci chodzi?

Zamarła na chwilę.

– No cóż, zatrudniłeś mnie do cateringu, prawda?

– Jesteś mądrą dziewczyną – powiedział z lekkim uśmiechem. – Zaczynam cię lubić.

Paul podszedł i przyjacielsko poklepał Cristinę po ramieniu.

Następnie odwrócił się i opuścił pokój, podczas gdy Cristina była zdezorientowana tym niezręcznym spotkaniem.

Poszła za nim do jadalni i patrzyła, jak je.

ROZDZIAŁ 7

Później tej samej nocy.

To był telefon, którego Cristina obawiała się przez ostatnie kilka miesięcy.

"Jak?!" – zapytała Cristina.

„W końcu nadszedł czas" – odpowiedziała jego matka. „Twój ojciec i ja nie będziemy już Cię wspierać finansowo. Uważamy, że jesteś na tyle dorosły, aby zadbać o siebie".

„Zdajesz sobie sprawę, że życie w mieście jest drogie, prawda?"

„Kochanie, nikt Cię nie zmusza do mieszkania w mieście. Zawsze możesz przenieść się bliżej domu i znaleźć coś tańszego do życia".

„Nie, dziękuję" – westchnęła Cristina.

„Nie wiem, dlaczego udajesz takiego zaskoczonego. Ostrzegałem cię przez ostatnie kilka miesięcy. Kiedy byłem w twoim wieku, ja..."

„Czasy się zmieniły, mamo. Widziałaś wiadomości? Ta sytuacja ekonomiczna jest trudna. Koszty życia są szalone"

„Ale twój biznes prosperuje" – odpowiedziała jej matka.

"Ledwie."

„Jeśli chcesz odnieść sukces, musisz wykazać się nieco większym zmysłem biznesowym. W mieście jest wielu potencjalnych klientów. Jedyne, co musisz zrobić, to ich znaleźć. Jesteś świetnym kucharzem i dobrym człowiekiem. Wierzę w ty, Cristina.

„Tak, masz rację. Myślałem o skontaktowaniu się z kilkoma firmami, aby sprawdzić, czy potrzebują cateringu na przyjęcia".

„Na tym polega duch przedsiębiorczości" – odpowiedziała z dumą jego matka.

„Gdyby tylko życie było takie proste."

„Dobre rzeczy przychodzą, gdy jesteś wytrwały. A propos, czy nadal współpracujesz z Paulem? Jak leci?"

„Wszystko idzie dobrze" – powiedziała niewyraźnie Cristina.

„No cóż? To wszystko? Jakieś interesujące szczegóły?"

„Niezupełnie. Gotuję dla niego pięć dni w tygodniu. Płaci mi mnóstwo pieniędzy za świadczone przeze mnie usługi. To trochę dziwny facet".

„Zobacz, kto mówi" – zażartowała jego matka.

"Śmieszny."

„Tylko żartuję. Masz rację. Paul wydaje się trochę zdystansowany. Ale to mądry facet".

„To zdecydowanie interesująca osoba" – odpowiedziała Cristina. „I utrzymuje mnie w zatrudnieniu. Więc nie mogę narzekać".

„Ty też nie powinieneś. Jeśli chcesz, aby Twoja firma się rozwijała, zawsze powinieneś zostawiać swoich klientów zadowolonych. W moim przypadku to zawsze działało".

Cristina zatrzymała się na chwilę.

– Wiesz, właśnie podsunąłeś mi pomysł.

– Nie jestem pewien, czy podoba mi się ten dźwięk.

„Dziękuję mamo. Jesteś najlepsza."

„No cóż, uważaj na siebie, Cristina. Zawsze cię wspieram. Kocham cię."

-Ja też cię kocham mamo.

Po zakończeniu rozmowy Cristina była zdecydowana.

Była zdeterminowana, aby odnieść sukces bez pomocy rodziców.

ROZDZIAŁ 8

Następnego dnia.

Cristina czekała z uwagą, podczas gdy Paul jadł lunch.

Sprzątała kuchnię i zajmowała się niektórymi pracami domowymi za niego.

Kiedy Paul skończył jeść, wróciła do jadalni i wzięła od niego talerz.

Zanim Paul miał szansę wyjść, stanęła przed stołem w jadalni, przyjmując postawę pełną szacunku.

„Zastanawiałam się" – powiedziała Cristina ze złożonymi rękami. „To rozwiązanie naprawdę się sprawdziło. Zajmuję się większością twoich posiłków i prac domowych , więc możesz skupić się na pracy".

Paul odchylił się do tyłu, wiedząc, że nadchodzi propozycja.

„Zgadzam się. To działa dobrze. Lepiej niż się spodziewałem."

„A więc jak byś się czuł, gdybym chciał rozszerzyć tutaj swoje obowiązki? Oczywiście za dodatkowe pieniądze."

„Już robisz więcej, niż potrzebuję. I już płacę ci niezwykle hojną pensję".

„Doceniam to" – powiedziała uprzejmie Cristina. „Ale zyskałbyś więcej, gdybym zrobił dla ciebie więcej rzeczy. Dotyk kobiety jest zawsze pomocny dla samotnego mężczyzny".

Paweł zamyślił się na chwilę.

„To interesujący punkt. Kontynuuj".

– Jestem pewien, że jest mnóstwo innych rzeczy, które mógłbym dla ciebie zrobić.

"Jak co?"

Cristina zamyśliła się na chwilę.

„No cóż, to zależy od ciebie. Może mógłbym wyczyścić te urządzenia w zamkniętym pokoju. W tym pokoju było dużo kurzu. Mógłbym popracować dodatkowo nad sprzątaniem. I może mógłbym urządzić dla ciebie przyjęcie".

„Dlaczego nagle tak bardzo zależy ci na większej ilości pieniędzy?" zapytał Paweł.

„Myślę, że mógłbyś skorzystać z kobiecego dotyku. Pomyśl o wszystkich przyjęciach, jakie mógłbyś urządzić. Ludzie byliby zachwyceni tym jedzeniem. Twoje życie towarzyskie byłoby wspaniałe".

„Powiedz mi prawdę. Dlaczego potrzebujesz dodatkowych pieniędzy?"

Cristina zamilkła na chwilę.

„Moi rodzice nie dadzą mi już więcej gotówki. A czynsz w tym mieście jest przytłaczający. Jeśli będzie pan jeszcze czegoś potrzebował, żebym tu zrobił, chętnie to zrobię".

Paweł pokiwał głową ze współczuciem.

„Lubię cię jako osobę, Cristina. Ciężko pracujesz i dobrze się przy tym bawisz. Ale nie mam zamiaru dać ci darmowych pieniędzy, zwłaszcza gdy już ci sowicie płacę".

„Rozumiem" – odpowiedziała Cristina, próbując powstrzymać smutek. „W każdym razie dziękuję, że mnie wysłuchałeś. Wrócę jutro".

„Nie osiągnąłem jeszcze ostatniego punktu" – dodał. „Spróbuję coś wymyślić. Coś odpowiedniego do twoich umiejętności i atrybutów. Kiedy coś znajdę, dam ci znać, a zostaniesz za to nagrodzony. Czy to brzmi uczciwie?"

Uśmiechnęła się.

"Brzmi wspaniale".

ROZDZIAŁ 9

Dni mijały.

Paul nigdy nie złożył żadnej oferty.

Cristina nigdy go nie pytała, bo nie chciała sprawiać kłopotu.

Przygotowała lunch dla Paula jak zwykle.

Paul zszedł na dół do jadalni wcześniej niż zwykle.

Usiadł i czekał, podczas gdy Cristina wciąż wszystko przygotowywała.

„Wygląda dobrze" – powiedział, gdy Cristina przyniosła talerz z jedzeniem.

Gratulacje dla niej naprawdę wydawały się dziwne.

„Dziękuję. To pieczona jagnięcina z dodatkiem pieczonych warzyw".

Paul zajął miejsce obok niego.

„Usiądź. Jest coś, co chcę z tobą omówić".

Cristina siedziała i czekała, co ma do powiedzenia.

„Przemyślałem twoją prośbę o dodatkową pracę" – powiedział. „Szczególnie jeśli chodzi o potrzebę kobiecego dotyku. W każdym razie przejdę od razu do rzeczy, niektóre z twoich mogą posłużyć mi za inspirację do pisania".

„Inspiracja? Jak to?"

„Może mógłbyś mi pozować. Ostatnio zmagam się z blokadą pisarską i coś, na co warto zwrócić uwagę, mogłoby pomóc".

Cristina miała zaniepokojoną minę.

„Jesteś pewien, że nie chcesz, żebym urządził dla ciebie przyjęcie czy coś? To prawdopodobnie zadziała lepiej".

„Nie jestem zainteresowany urządzaniem przyjęcia" – odpowiedział, odchylając się na krześle. „Przepraszam, po prostu zapytałem. To było niewłaściwe".

Pomyślała przez chwilę.

– Ile pieniędzy byś zaproponował?

"To wszystko zależy."

"Z?"

„O pracy, którą wykonasz" – powiedział. „Nigdy wcześniej nie zatrudniałam modelki. Ale wiem, że pomogłoby mi to w pisaniu".

– Och, cóż, będę o tym pamiętać.

„Nie. To był błąd, że pytałem. Jeśli nie masz nic przeciwko, chciałbym teraz zjeść. Później mam inne rzeczy do zrobienia".

"Zrobię to!" – warknęła Cristina.

"To?"

„Praca modelki, którą mi zaproponowałeś. Nikt się nie dowie, prawda? To pozostaje ściśle między nami, prawda?"

– Zgadza się – zgodził się. „Nie będzie o tym żadnego zapisu. Potrzebuję tylko inspiracji".

"Jestem zainteresowany."

Paweł westchnął lekko.

„Myślę, że nie rozumiesz. Pospieszyłem się z moją ofertą. Nie sądzę, że moje upodobania są dla ciebie".

"Dlaczego nie?"

„Ponieważ wyglądałeś tak nieswojo w pokoju dominacji."

Cristina była trochę zaskoczona.

Nagle zdał sobie sprawę, że Paul szukał inspiracji do swoich historii o dominacji.

Ale niezależnie od tego, myślał o pieniądzach.

„Mogę nauczyć się czuć się z tym komfortowo" – odpowiedziała. „Daj mi tylko czas. Dopóki nikt się nie dowie, wszystko będzie dobrze".

Paul rzucił mu długie, sceptyczne spojrzenie.

– Jak sobie życzysz. Przyjdź tu jutro rano o ósmej trzydzieści. Od tego momentu będziemy wszystko wyjaśniać.

"Dziękuję."

Cristina wstała i wyciągnęła rękę do uścisku dłoni.

Paul wyciągnął rękę i uścisnął jej dłoń.

ROZDZIAŁ 10

Później tej samej nocy.

Cristina była w kuchni, przygotowując posiłki na następny dzień.

Wiedziała, że następnego dnia nie będzie miała na to czasu, ponieważ Paul spodziewał się, że będzie tam o ósmej trzydzieści rano.

Gdy wszystko było już przygotowane, Cristina spojrzała w lustro.

Zastanawiała się, czy jest wystarczająco ładna, żeby zostać modelką dla Paula.

Zastanawiał się, jakie niespodzianki kryją się w pokoju.

Niezależnie od tego, czy będzie słodko, czy nie.

I zastanawiał się, o jakich pieniądzach mówimy.

Paul zawsze był hojny w kwestii płatności finansowych.

Przede wszystkim zastanawiał się, jak wielką dominację Paul chciał zobaczyć.

Racjonalna strona Cristiny kontrolowała sytuację: pieniądze są dobre.

I nikt się nigdy nie dowie.

Mój mały sekret z Paulem.

Rozebrała się i przymierzyła kilka ładnych strojów przed lustrem w sypialni.

W końcu zdecydowała się na prostą żółtą sukienkę.

Nie było to zbyt odkrywcze.

I nie był też zbyt pruderyjny.

To był właściwy środek.

Uczesała włosy i zastanawiała się, ile makijażu użyć.

Postanowiła więc tego nie robić.

To spowodowałoby, że sytuacja byłaby zbyt niezręczna.

Wszystko było gotowe.

Była gotowa do pracy.

ROZDZIAŁ 11

Ranek następnego dnia.

Cristina pojawiła się w domu Paula kwadrans po ósmej.

Chciała mieć pewność, że jest przygotowana wcześniej.

Miała na sobie żółtą sukienkę.

Jej włosy były starannie uczesane, a twarz wolna od makijażu.

Była już naturalnie ładna.

Po tym jak Cristina umieściła pojemniki z jedzeniem w lodówce w kuchni, zasiedli razem w prywatnym pokoju, na drewnianych sprzętach.

"Co masz na myśli?" – zapytała Cristina.

„To zależy. Jakie są twoje ograniczenia?"

Cristina wzruszyła ramionami.

„Nie wiem. Nigdy wcześniej nie robiłem czegoś takiego".

– W takim razie chyba lepiej, żebyśmy się tego dowiedzieli.

Cristina ponownie przez chwilę rozejrzała się po pokoju.

To był najnudniejszy pokój w domu.

Ściany były gładkie.

Ale istniały starożytne urządzenia o różnych rozmiarach i kształtach.

Wszyscy wyglądali tak odstraszająco.

„Będę miał otwarty umysł" – powiedział. „Ale ja nie lubię bólu. I nie chcę, żebyś mnie popychał za szybko. Nie ma potrzeby się spieszyć. OK?"

Pokiwał głową.

„Dziękuję, że wyraziłeś się jasno. Powinieneś wiedzieć, że jestem bardzo cierpliwym mężczyzną. Robiłem to przez wiele lat z niezliczoną liczbą uległych kobiet. Nigdy nie naciskam mocniej, jeśli ona nie jest gotowa".

Te słowa wywołały dziwne uczucie w kręgosłupie Cristiny.

Nie mogłam przestać myśleć o wyrażeniu „kobiety uległe".

W jednej chwili zdała sobie sprawę, że równie dobrze mogłaby znaleźć się w tej samej sytuacji, co te „uległe kobiety".

– OK – skinęła głową. „Dziękuję. Więc jak powinniśmy zacząć?"

Paul wstał i powoli chodził po pokoju, przyglądając się każdemu z urządzeń, podczas gdy Cristina siedziała w skromnej pozycji.

Przyglądał się każdemu urządzeniu w sposób, który denerwował Cristinę.

– Czy byłeś kiedyś związany? zapytał Paweł.

Cristina potrząsnęła głową.

"Oczywiście, że nie."

"Czy chiałbyś być?"

„Nie wiem".

Wskazał ręką na drewniany stół.

"Dlaczego nie spróbować?"

– Nie wiem – wzruszyła nerwowo ramionami.

„Czy to dla ciebie za dużo? Muszę zobaczyć coś dla inspiracji. Patrzenie, jak tam siedzisz, niewiele mi pomoże".

Cristina powoli wstała i wzięła głęboki oddech.

"Zrobię co chcesz."

„Jesteś pewna? Cristina, nie chcę, żebyś zrobiła coś, z czym nie czujesz się komfortowo. Mogę znaleźć inny sposób, aby ci zapłacić".

Wzięła kolejny głęboki oddech.

„Nie, jestem pewien. Osiągnęliśmy porozumienie w sprawie modelowania i zamierzam działać dalej".

"Jesteś pewny?"

– Tak, całkowicie.

„Więc połóż się" – powiedział Paul, wskazując na drewniany stół.

Stół wydawał się boleśnie niewygodny.

Wyglądało na stare i rustykalne.

Był jednak na tyle niski, że można było na nim z łatwością położyć się.

Po obu stronach stołu znajdowały się stare metalowe kraty, co wywołało u Cristiny nieprzyjemne uczucie.

Odkładając na bok swoje uczucia, oparł się z powrotem o stół.

Tak jak się spodziewała, było to bolesne i nieprzyjemne.

Była przekonana, że stół przeznaczony jest do tortur, a nie przyjemności.

Zastanawiał się, jak ktoś może czerpać przyjemność z czegoś takiego.

Położył się na środku stołu i patrzył bezpośrednio na sufit.

– Zwiążę ci nadgarstki – powiedział, stając nad jej głową.

Przez chwilę milczała, patrząc na stojącą nad nią postać Paula.

– OK – odpowiedziała, unosząc nadgarstki. "Do przodu."

Paul delikatnie chwycił jej nadgarstki i położył je na metalowym drążku na stole.

Tak jak się spodziewała, w barze było zimno.

Tekstura na jego skórze nie była zbyt gładka, co świadczyło o tym, że batonik powstał dawno temu, przed nowoczesnymi maszynami.

Poczuł, że jego nadgarstki są przywiązane do drążka grubą liną.

Cristina nie zadała sobie trudu, żeby spojrzeć.

Nie spuszczała wzroku z sufitu.

„Boli?" spytał.

"Nie czuję się dobrze."

Jego kroki było słychać w całym pomieszczeniu.

Cristina nie zadała sobie trudu, żeby spojrzeć na Paula.

Zastanawiał się jednak, co Paul musi sobie myśleć.

Widok jej w ładnej sukience ze związanymi nadgarstkami musi być dla Paula ekscytujący, pomyślał.

„Opowiedz mi jeszcze raz" – powiedział. „Jaki jest twój limit?"

Przełknęła.

– Tylko mnie nie krzywdź.

– Czy mogę rozpiąć twoją sukienkę? – zapytał miękkim głosem.

"Nie, nie to."

„Więc przypuszczam, że masz inne ograniczenia" – odpowiedział z lekkim rozbawieniem.

"Chyba."

"Mogę Cię dotknąć?" spytał. „Nie ma problemu, jeśli odmówisz. Ale skoro zaszliśmy tak daleko, a na pewno wyglądasz atrakcyjnie".

– Jeśli chcesz – odpowiedział nieśmiało.

„Nie chodzi o to, czego chcę. Chodzi o to, z czym czujesz się komfortowo".

Przez chwilę walczył ze swoimi myślami.

„Nie przeszkadza mi to. W porządku. Śmiało, jeśli chcesz. To znaczy, nie przeszkadza mi to".

„Jesteś pewna, Cristino? Nie chcę na ciebie wywierać presji, jeśli nie czujesz się komfortowo".

„Tak długo, jak ty, wiesz..."

„Pod warunkiem, że zrekompensuję ci to finansowo?" – zapytał na wpół rozbawiony.

Jego ton i sformułowanie sprawiły, że Cristina poczuła się jeszcze bardziej nieswojo.

„Tak" – odpowiedziała.

„Nie musisz się tym martwić".

Cristina spodziewała się w odpowiedzi bardziej sarkastycznego żartu, ale Paul skończył mówić.

Podszedł do niej, gdy nadal leżała na stole.

Cristina widziała, jak patrzył na jej ciało.

Była wyraźnie zdenerwowana.

Nie wiedziała, co planuje.

Jego oczy ucztowały i wędrowały po jej ciele.

W końcu zdecydowano.

I wykonał swój ruch.

Paul sięgnął i dotknął kolana Cristiny.

To było nagłe dotknięcie, które ją zaskoczyło.

Zadrżała.

– Wszystko w porządku, Christina?

„Nic mi nie jest. Po prostu się tego nie spodziewałem".

Przesunął dłoń głębiej w dół jej uda.

Jego dłoń wsunęła się głębiej, aż znalazła się pod jej żółtą spódnicą.

Cristina poczuła się niekomfortowo, ale poczuła też mrowienie między nogami.

Jego wzrok pozostał skupiony na suficie.

– Nie masz nic przeciwko, jeśli będziemy kontynuować dalej? spytał. – Doszliśmy już tak daleko.

Nie obchodzi mnie to.

"Jesteś pewny?"

"Jestem pewien."

Paul podniósł spódnicę Cristiny i podniósł ją do góry.

Jej majtki były odsłonięte.

Paul wsunął rękę pod majtki Cristiny.

Oczywiście znów się wzdrygnęła, ale się powstrzymała.

Dłoń Paula pocierała krocze.

Ciało i stopy Cristiny napięły się.

„Musisz się zrelaksować" – powiedział Paul. – W przeciwnym razie nie przyniesie to wiele dobrego.

"Dobrze."

Cristina robiła wszystko, co mogła, aby zrelaksować swoje ciało.

Jego wzrok pozostał w suficie.

Poczuła się zbyt zawstydzona, żeby spojrzeć na Paula.

Po prostu pozwoliła mu pieścić swoje krocze.

Dyszała, gdy Paul bawił się jej łechtaczką.

To był ruch, którego się nie spodziewałem.

Jego naturalnym odruchem było wyciągnięcie ręki i odepchnięcie dłoni Paula, następnie zakrycie się, a następnie uderzenie Paula w twarz, ale liny wokół jego nadgarstków były napięte.

Delikatnie pociągnęła, ale to nie pomogło.

– Próbujesz się wydostać? zapytał Paweł. „Jeśli chcesz wyjść, po prostu mi powiedz, a od razu cię rozwiążę".

„Przepraszam. To była odruchowa reakcja".

„No cóż, nie reaguj tak. Nie takiej reakcji chcę."

– Wszystko w porządku, przykro mi.

Palce Paula wykonywały wściekłe, okrężne ruchy po jej nabrzmiałej łechtaczce.

Cristina nie miała innego wyboru, jak tylko westchnąć.

Była zbyt zszokowana, żeby ukryć swoje uczucia.

Palce nie ustały.

To była miła przyjemność.

Zamknęła oczy i cieszyła się przyjemnościami Paula.

Poczuł mrowienie, które przepłynęło przez jego ciało.

„Widzę, że jesteś blisko" – powiedział. „Spokojnie. To już prawie koniec."

Z wciąż zamkniętymi oczami Cristina pozwoliła sobie cieszyć się palcami Paula, gdy rozkoszowali się jej delikatną małą łechtaczką.

Minęła chwila, zanim palce Cristiny zesztywniały.

Z jego ust wydobywały się krótkie westchnienia.

Jego oczy się zamknęły.

Jego mięśnie się skurczyły.

To był orgazm, na który zasługiwały wszystkie napięcia w jej życiu.

W końcu jej ciało się rozluźniło i Paul zdjął rękę z jej majtek.

Przesunął jej sukienkę z powrotem na właściwe miejsce.

Poklepała Cristinę po udzie, jakby zrobiła coś dobrze.

„Na pewno ci się podobało" – powiedział Paul, gdy zaczął rozwiązywać jej nadgarstki.

Cristina poczuła się wyzwolona.

Wyprostowała się i potarła nadgarstki, które były lekko czerwone i obolałe od liny.

Uczucie orgazmu pomogło przeciwdziałać bólowi.

„Podobało mi się" – odpowiedziała. „Było miło. Naprawdę miło. Boże, dawno się tak nie czułem. To znaczy, nie tak dobrze, jak to zrobiłeś".

„Cieszę się, że ci się podobało. Przywołało wiele wspomnień, które pomogą mi w pisaniu. Byłeś dla mnie cudowną inspiracją".

„Zawsze cieszę się, że mogę być do twoich usług".

– Doskonale – zgodził się. – Na koniec miesiąca na pewno dodam premię do twojego czeku. Myślę, że zarobiłeś za to dodatkowe pięć tysięcy dolarów.

Co zaskakujące, Cristina poczuła wstyd.

Wiedziała, że Paul chciał dobrze.

Docenił dodatkowe pięć tysięcy, czyli znacznie więcej, niż się spodziewał.

Ale ogarnęło ją poczucie winy, jakby właśnie sprzedała swoje ciało i swoją seksualność za łatwe pieniądze.

Przez to czuła się nieczysta i brudna.

– Nie jestem dziwką – wypaliła i natychmiast tego pożałowała.

– Nigdy nie mówiłem, że jesteś.

„Przykro mi" – odpowiedziała. „Naprawdę wszystko doceniam. Ale nigdy nie wykorzystywałam swojego ciała w ten sposób, wiesz, do zarabiania pieniędzy".

Paul potrząsnął głową, zawiedziony sobą.

„Nie przepraszaj. To moja wina. Pośpieszyłem cię. Nie powinienem był prosić cię, żebyś była dla mnie modelką".

Cristina wstała i poprawiła sukienkę.

„Spodobało mi się" – powiedział. „Naprawdę to zrobiłem. Ale było to dla mnie trochę dziwne. Może moglibyśmy zrobić to innym razem? Tylko trochę wolniej".

– Nie sądzę. To zdecydowanie nie dla ciebie.

Cristina spojrzała nieśmiało, gdy przez jej ciało wciąż przepływało uczucie orgazmu.

– Zrobię ci teraz lunch – powiedział.

„Mogę to zrobić sam. Możesz iść".

Posłusznie skinęła głową.

„Cieszę się, że to zrobiliśmy".

„Ja też" – odpowiedział. „Ale nigdy więcej nie powinniśmy tego robić. Do zobaczenia w poniedziałek".

Cristina skinęła głową, wiedząc, że Paul podjął już zdecydowaną decyzję.

Teraz panowała między nimi subtelna niezręczność.

Po wymianie jeszcze kilku słów wyszła zastanawiając się, co Paul o niej myśli.

CZĘŚĆ TRZECIA
NOWA PRACA

42

ROZDZIAŁ 12

Później tej samej nocy.

Cristina siedziała przy komputerze i szukała sposobów na pozyskanie nowych klientów.

Wysłał co najmniej kilkanaście e-maili do różnych firm, aby promować swoją działalność cateringową.

Nie spodziewałem się dużej odpowiedzi, ale warto było spróbować i nie mam nic do stracenia.

Dzwonek telefonu.

To jego matka zadzwoniła, żeby jeszcze raz sprawdzić.

Odbyli zwyczajową pogawędkę i nie było zbyt wiele do powiedzenia.

„Prowadzenie własnego biznesu jest trudne" – ubolewała Cristina.

– Spodziewałeś się, że będzie łatwo?

„Nie wiem, czego się spodziewałam. Nie mam nic przeciwko ciężkiej pracy. Uwielbiam gotować dla innych. Ale, Boże, potrzebuję więcej klientów".

„Z mojego doświadczenia wynika, że biznesem zajmuje się ten, kogo znasz" – odpowiedziała jego matka. „Wiele interesów wynika z kontaktów osobistych. Wyjdź więc i spróbuj poznać nowych ludzi, zamiast szukać w Internecie".

– Chyba ma to sens.

– Chyba? Kiedy się mylę?

„Nie wiem".

„Nie sprawiaj wrażenia takiej przygnębionej, Cristino" – powiedziała jej matka. „Wiele osób ma trudności z założeniem nowego biznesu. Po prostu próbuj dalej".

"Dzięki mamo."

„Jak leci z Paulem? Czy nadal sowicie ci płaci?"

„To skomplikowane" – westchnęła Cristina. – Ale tak, nadal dobrze płaci.

„Wygląda na skomplikowanego faceta".

– Nie znasz połowy.

Nastąpiła przerwa w telefonie.

– Czy próbował czegoś z tobą? – zapytała ostrożnie matka.

Cristina szybko skłamała.

Oczywiście, że nie.

„Możesz powiedzieć mi prawdę. Jestem tu dla ciebie".

„Mamo, on nie jest w moim typie. Gdyby kiedykolwiek zrobił ruch, walnęłabym go w głowę tym, co tego dnia ugotował".

„To brzmi jak duch Cristiny, którą znam" – zachichotała jej matka.

„Hipotetycznie mówiąc, co by było, gdybym tak zrobił? To znaczy, jak byś się z tym czuł?"

– Gdyby Paul wykonał jakiś ruch?

„Tak" – odpowiedziała Cristina. "Jak byś się czuł?"

Na linii nastąpiła kolejna przerwa.

„Myślę, że to zależy od ciebie. Jeśli zaprosił cię na randkę, to twoja decyzja".

"Naprawdę?"

„To twoja decyzja, Cristina. Ale jeśli próbował dotknąć twojego tyłka w kuchni, to sugerowałabym, żebyś wylała mu na głowę trochę swojego słynnego ostrego sosu".

„Oczywiście, że tak" – odpowiedziała Cristina sarkastycznym głosem.

– Wygląda na to, że masz coś na sumieniu.

„Już nie. Dziękuję mamo, jesteś najlepsza. Muszę cię opuścić."

"Żegnaj, kocham cię."

-Ja też cię kocham mamo.

Rozmowa zakończyła się i Cristina odchyliła się na krześle.

Pomyślała o Paulu i orgazmie, jakiego doznała tamtego dnia.

Wciąż żywo pamiętał te uczucia.

Każdy dotyk, każda emocja.

Dotyk twardego drewna na ciele.

Uczucie dłoni Paula na jej cipce.

A przede wszystkim orgazm.

Dominacja nigdy nie była jego specjalnością, ale czuł się dobrze.

Szukał w Internecie i szukał różnych terminów.

Podczas zbierania informacji poczuła się znów jak studentka college'u.

Przeprowadził kilka poszukiwań na temat niewolnictwa i jego przyjemności.

Przyjrzała się kilku obrazom.

To ponownie ją podnieciło i wsunęła rękę w dół majtek.

ROZDZIAŁ 13

W poniedziałek rano.

Cristina starała się dobrze wyglądać, kiedy szła do domu Paula.

Miała na sobie niebieską sukienkę i dobrze uczesane włosy.

Paul nie zwrócił zbytniej uwagi na jej wygląd, otwierając drzwi, żeby ją wpuścić.

"Możemy rozmawiać?" – zapytała Cristina. – Mam na myśli interesy.

"Oczywiście."

„Świetnie. Poczekaj".

Cristina postawiła jedzenie w kuchni i poszła do przestronnego salonu, w którym siedział Paul.

Usiadła naprzeciwko niego.

„Dużo myślałem przez weekend" – powiedział. „O naszym związku".

– Ja też – powiedział, nie pozwalając jej dokończyć myśli. „Myślę, że powinniśmy to zakończyć. Jest dla mnie jasne, że nasze relacje biznesowe zostały zagrożone. Zacząłem już szukać zastępstwa dla moich potrzeb domowych".

Cristina zamarła na chwilę, gdy wieści powoli do niej docierały.

„Co? Nie. Nie tego chciałem".

„Myślę, że tak będzie najlepiej" – odpowiedział. „Jesteś bystrą młodą kobietą. Znajdziesz swoje miejsce na tym świecie".

Wyraz oszołomienia pozostał na jego twarzy. "

Nie to spodziewałem się usłyszeć. „Myślałem, że nasza rozmowa będzie zupełnie inna".

"Czego oczekiwałeś?"

„Przyszedłem tutaj, aby powiedzieć ci, że jestem zainteresowany kontynuowaniem tego, co zrobiliśmy w zeszły piątek".

Uniósł brwi.

„Naprawdę? A dlaczego tego chcesz?"

– Czy naprawdę muszę to mówić?

"Tak."

Wzięła głęboki oddech.

"Oczywiście podoba mi się tutaj praca. Podobają mi się korzyści. Uważam, że jesteś świetnym szefem, najlepszym, jakiego mogłam mieć. A to, co zrobiliśmy w zeszłym tygodniu w salonie, bardzo mi się podobało. Myślę, że na początku się bałam , ale dużo myślałem i nie miałbym nic przeciwko, gdybyśmy kontynuowali."

"Ciekawy."

"Więc uważasz?" zapytała.

„Nie jesteś tak nieśmiały, jak myślałem. Nigdy bym się nie spodziewał, że przyjdziesz i powiesz mi te rzeczy bezpośrednio. Jestem pod wrażeniem".

Uśmiechnęła się i powiedziała „dziękuję".

„Co powinno się wydarzyć dalej?"

– Nie wiem – wzruszył niezdarnie ramionami. „To zależy od ciebie. Chciałbym jednak, aby nasze relacje biznesowe były kontynuowane".

„Bądź odważna, Cristina. Powiedz mi, co będzie dalej. W tej chwili. Chcę wiedzieć, co myślisz. Zaskocz mnie".

Zebrała się na odwagę i posłała Paulowi spojrzenie pełne determinacji.

Jego usta zacisnęły się, a nos lekko zmarszczył.

Jej oczy były utkwione w Paulu, który ze stoickim spokojem czekał, aż zrobi coś odważnego.

Cristina wstała i przetarła rękami sukienkę.

Jego palce owinęły się wokół ramiączek jej sukienki.

Odsunęła ramiączka i przesunęła ciało, pozwalając sukience opaść na podłogę.

Stała przed Paulem w białym staniku i majtkach, w pięknej sukience zakrywającej kostki.

"Co robisz?" – zapytał bez emocji.

„Wykazuję zaangażowanie w pracę".

„Być może źle mnie zrozumiałeś. Nie sądzę, że to jest dla ciebie właściwa droga".

„Nie mówisz mi, żebym przestał" – odpowiedziała. – I nie słyszę, żebyś narzekał.

Oczy Paula błądziły po jej skąpo odzianym ciele.

Miała średnią budowę ciała, była trochę szczupła.

Małe piersi i wąskie biodra.

Było jasne, że rzadko ćwiczył ze względu na słabe napięcie mięśniowe.

„Jesteś całkiem atrakcyjna" – zauważył.

Zdjęła sukienkę i zrobiła kilka kroków do przodu, aż stanęła bezpośrednio przed Paulem.

„Oto umowa" – powiedział śmiało. „Nowa umowa. Będę Twoim wyłącznym dostawcą. Będę też Twoją modelką, kiedy tylko uznasz to za konieczne. Możesz doprowadzić mnie do orgazmu, jeśli chcesz. Jeśli będę się naprawdę dobrze czuć, odwdzięczę się za bezpłatny."

Uniósł brwi.

– Odwdzięczysz się?

„Sprawię, że dojdziesz. Za darmo. Nie jestem prostytutką. Potraktuj to jako satysfakcję od wdzięcznej osoby".

„To brzmi jak niezwykła relacja biznesowa".

„I tak już przekroczyliśmy granicę" – powiedział.

– Będę musiał to rozważyć.

Cristina sięgnęła w dół i chwyciła Paula za nadgarstek, przenosząc jego rękę do jej majtek.

Dotknął zewnętrznej strony jej majtek i potarł ją między nogami.

„Myśl szybko" – powiedziała. „W przeciwnym razie wycofam ofertę".

Posłał mu połowiczny uśmiech.

„Nowa, odważna Cristina. Lubię ją".

"Ja też."

Paul mocniej docisnął palce do majtek Cristiny.

Jęknęła pod wpływem gorącego dotyku.

Jęknęła jeszcze bardziej, gdy Paul wsunął rękę w jej majtki i dotknął jej nagiej cipki.

Była podekscytowana i nie było co do tego żadnych wątpliwości.

– Jesteś mokra – zauważył, patrząc na nią.

"Ja wiem."

„Zdejmij stanik. Pozwól, że cię zobaczę".

Cristina sięgnęła, żeby odpiąć stanik i rzuciła go na kanapę.

Jej dziarskie małe piersi zostały uwolnione.

Jej sutki były różowe i małe.

Szybko stwardnieli od zimnego powietrza i oczywistego podniecenia seksualnego.

Powstrzymała chęć zakrycia piersi rękami, ponieważ zawsze czuła się niepewnie w jego obecności.

Ale spróbowała być odważna i wypchnęła klatkę piersiową do przodu.

"Podobają Ci się?" zapytała.

„Uwielbiam piersi każdej kobiety. Każda jest wyjątkowa i wyjątkowa na swój sposób. Twoje nie jest wyjątkiem. Są cudowne."

„Dzięki mojemu Panu".

„ Panie?" – zapytał retorycznie. – Myślę, że wiesz, co lubię.

"I co lubisz?" – zapytała nieśmiało.

"Nieruchomość."

"Oh..."

Paul obiema rękami ściągnął majtki Cristiny na podłogę, pozostawiając dziewczynę zupełnie nagą, od stóp do głów.

Wstał i wziął Cristinę za rękę.

„Chodź za mną" – powiedział. – Jest coś, co chciałbym ci pokazać.

Poprowadził Cristinę korytarzem, trzymając ją za rękę w romantyczny sposób.

Cristina była zdenerwowana, ale kontynuowała w swoim tempie.

Wiedziała, że zmierzają w stronę pokoju niewoli.

Ta myśl podnieciła ją i zdenerwowała.

Drzwi były uchylone i Paul je otworzył.

Zapalił światło i weszli.

Powietrze było zimne, przez co sutki Cristiny stały się jeszcze twardsze.

Jego wzrok przesunął się dookoła i zaczął się zastanawiać, co zaplanował Paul.

„Masz nowy zestaw obowiązków" – powiedział Paul. „Oczekuję całkowitego posłuszeństwa. Oczekuję, że będziesz cały czas nagi. Rozumiesz?"

"Tak, rozumiem."

– Pochyl się nad stołem – powiedział. „Na brzuchu. Zwiążę cię. Chcę, żebyś znowu się spuścił".

"Tak jest."

Cristina spojrzała na stół z przerażeniem.

To był inny stół niż poprzedni.

Ale wydawało się to równie niewygodne i bolesne.

Drewno wyglądało na stare, metalowa rama też.

Nie było sensu narzekać.

Zrobiła, co jej kazano i położyła nagie piersi i brzuch na drewnianym stole.

Było bardziej niewygodnie, niż się spodziewałem.

Drewno było zimne i szczypało jej wrażliwe sutki.

Jego oczy patrzyły na ziemię.

usłyszała, jak Paul spacerował po pokoju.

– Mam zamiar cię związać – powiedział. „Rozluźnij ręce i nogi. Jest to prosty proces, jeśli jesteś spokojny."

"Dobrze."

– Jesteś pewien, że tego chcesz?

„Tak" – odpowiedziała.

"Ponieważ?"

„Bo chcę znowu dojść".

Cristina nie otrzymała odpowiedzi.

Zamiast tego poczuła, jak Paul przywiązuje jej kostki do zimnej metalowej ramy stołu.

To było niewygodne i trochę przerażające.

Każdy węzeł był bardzo ciasny.

Lina była gruba, co raniło jego skórę.

Ten sam proces wykonano na ich nadgarstkach.

Każda lalka została przywiązana do metalowej ramy w ten sam sposób.

Kiedy skończył, jego kostki i nadgarstki były mocno przywiązane do stołu.

Leżała twarzą w dół, z odsłoniętym brzuchem i piersiami mocno przyciśniętymi do drewnianej powierzchni.

To było dość przerażające uczucie wiedzieć, że dała Paulowi absolutną władzę nad swoim ciałem.

Była wyraźnie i całkowicie bezradna.

Coś uderzyło w jej nagie pośladki.

Wydało mi się twarde, ale jednocześnie miękkie.

Nie byłem pewien, co to było.

Potem poczuła, jak palce Paula muskają jej tyłek.

– Nie masz nic przeciwko, jeśli cię tak dotknę? – zapytał, znając odpowiedź.

"NIE."

„Dobrze. Podoba mi się twoja skóra. Jesteś bardzo delikatny..."

Dłoń Paula przesunęła się po jej tyłku, wyczuwając każdą krzywiznę.

Silnymi dłońmi masował każdy jej pośladek.

Potem znów poczuł, jak coś twardego dotyka jego tyłka.

Miał gładką, zakrzywioną powierzchnię.

"Co to jest?" zapytała.

„To wibrator. Używałeś go kiedyś?"

"NIE."

– Czy chciałbyś to poczuć?

„Jestem na to otwarty".

"Dobra dziewczynka."

Nagle w pomieszczeniu rozległ się brzęczący dźwięk, który wywołał dreszcz wzdłuż kręgosłupa Cristiny.

Słuchając buczącego dźwięku, jego wzrok nie spuszczał się z ziemi.

Jej ciało zatrząsło się gwałtownie w chwili, gdy brzęczenie dotknęło czubka jej łechtaczki.

To było bolesne, w złym i dobrym tego słowa znaczeniu.

Próbowała z tym walczyć, walcząc z linami, co było daremne.

Buczenie ustało.

– Skończymy to? spytał.

„Nie. Proszę, nie. Przestanę się ruszać".

„Weź się w garść, Cristina".

Brzęczenie powróciło, gdy wibrator ponownie się uruchomił.

Dotknął jej łechtaczki, a Cristina starała się pozostać nieruchoma.

Zwalczyła chęć walki, gdy zaakceptowała uczucie wibracji w jej najbardziej wrażliwym obszarze.

Sprawiło to, że jego palce gwałtownie się zwinęły.

Zacisnął zęby, zaciskając szczękę.

Jego pięści zacisnęły się mocno.

Torturowanie jej łechtaczki wibratorem było ostatnią rzeczą, jakiej się spodziewała.

Brzęczało i brzęczało.

Końcówkę wibratora przyciskano do jej łechtaczki, aż pomyślała, że eksploduje.

Tuż przed tym, jak już miała krzyczeć z bólu, Paul przesunął wibrator i wepchnął go w jej cipkę.

To było surrealistyczne uczucie.

Minęło dużo czasu, odkąd penetrowano ją czymś więcej niż palcami.

Wibracje w jej cipce były mieszanką bólu i przyjemności.

Paul umiejętnie pchał i ciągnął zabawkę erotyczną.

Cristina robiła wszystko, żeby nie krzyczeć.

– Bawi cię to? – zapytał żartobliwie.

Krystyna wstrzymała oddech.

„Ja... ja... ech...”

"Tak lub nie?"

„Tak! Boże, tak”.

Paul wepchnął urządzenie głębiej w cipkę Cristiny, przez co zaczęła mocniej wciągać powietrze.

Prawie zabrakło mu tchu, kiedy całkowicie wszedł w jej ciało.

Jego ręce i nogi szarpały się za liny, ale bezskutecznie.

Została uwięziona z potężnym wibratorem w mokrej pochwie.

"Jesteś blisko?" spytał.

Walczyła o słowa.

"Tak, prawie..."

„Spuść się na mnie, kochanie”.

Wibrator został bezlitośnie wepchnięty i wciągnięty w cipkę Cristiny.

Próbowała rozluźnić swoje ciało, co zawsze ułatwiało jej osiągnięcie orgazmu.

Zrobiła, co w jej mocy, aby rozluźnić mięśnie pochwy, pozwalając Paulowi postawić na swoim.

Jej orgazm był nieuchronny dzięki wibratorowi.

I był to orgazm niepodobny do żadnego, jakiego kiedykolwiek doświadczyłam.

Związanie i lanie, podczas gdy wibrujący przedmiot wpychany jest w jej cipkę, było potężną kombinacją.

Palce Cristiny wygięły się jeszcze bardziej, a pięści zacisnęły się mocniej.

Każdy mięsień w jego ciele się napiął.

Jej westchnienia i jęki stały się mocniejsze.

„O mój Boże... O mój Boże... O mój Boże...”

Nagle urządzenie zostało przełączone na wyższą prędkość, a wibracje stały się znacznie silniejsze.

Cristina krzyknęła z powodu potężnych wibracji, gdy została popchnięta i wciągnięta w cipkę.

Ona płakała.

Potem łkała niekontrolowanie, gdy osiągnęła orgazm.

Z jej pochwy wytrysnęła fala płynów, robiąc bałagan na stole i pozostawiając kałużę na twardej podłodze.

Więcej pchnięć pochodziło z wibratora wspomaganego, aż do zatrzymania płynów.

Paul wyjął wibrator z pochwy Cristiny, co spowodowało głośne buczenie.

Potem to wyłączył.

Kiedy atak na pochwę w końcu się skończył, cipka Cristiny była ociekająca bałaganem.

Jej wilgoć była jak mała orgazmiczna rzeka.

Jej cipka lśniła od wydzieliny pochwowej.

Stół był mokry.

A płyny spadały na podłogę niczym nieszczelny kran.

Cristina była ledwo przytomna, gdy powoli odzyskiwała spokój.

To był zdecydowanie najlepszy orgazm, jakiego doświadczyła w życiu.

Usłyszał kroki Paula zbliżające się do jego głowy.

Paul pochylił się i pocałował ją we włosy.

Zastanawiała się, dlaczego Paul jej jeszcze nie rozwiązał.

„Skończyliśmy... skończyliśmy..." udało mu się przemówić.

– Jeszcze nie. Pamiętasz o swojej obietnicy?

"Który z nich?" jęknęła.

„Powiedziałeś, że jeśli sprawię, że dojdziesz, odwdzięczysz się. A więc, jak czułeś się podczas orgazmu?"

„... kurwa... niewiarygodne" – wypalił.

Paweł uśmiechnął się do niego.

„Dobra dziewczynka. A teraz, czy chcesz się odwdzięczyć?"

– Tak, proszę pana. Rozwiążesz mnie?

„Lubię cię na tym stanowisku".

Cristina usłyszała dźwięk otwieranych spodni Paula.

Wiedziała dokładnie, czego chciał Paul.

Nadal stał tuż obok jej twarzy, co oznaczało, że nie był zainteresowany pieprzeniem jej, przynajmniej nie tego konkretnego dnia.

Podniósł wzrok, gdy Paul zbliżył się do jego twarzy.

Widziała jego twardego kutasa skierowanego bezpośrednio na jej usta.

Było oczywiste, czego chciał.

Z pożądliwym sercem Cristina otworzyła usta, gdy Paul zrobił kolejny krok do przodu, wchodząc między jej usta.

Nie było procesu odczuwania i czasu na przystosowanie się.

Paul po prostu wypchnął biodra do przodu, aby Cristina mogła ssać tak, jak powinna to robić dobra uległa.

„Mój Boże. Masz usta jak anioł" – powiedział, pod wrażeniem tego, co poczuł na swoim kutasie.

Seks oralny nigdy nie był domeną Cristiny.

Nigdy nie była w tym dobra i nigdy nie lubiła tego robić.

Ale w przypadku Paula bardzo chciała go zadowolić.

Zwłaszcza, że przez jej ciało wciąż przepływało silne uczucie orgazmu.

Jego brak umiejętności nie stanowił problemu, ponieważ jego ciało wciąż było przywiązane do stołu.

Paul wykonał całą pracę, delikatnie poruszając biodrami w przód i w tył.

Jedyne, czego potrzebował, to ciepłe usta do pieprzenia.

Jedyne, co Cristina musiała zrobić, to zacisnąć usta wokół twardego członka Paula i ssać.

„Kurwa, dojdę" – warknął Paul. – A ty to połkniesz.

Jego poczucie dowodzenia ekscytowało Cristinę z powodu, którego nie mogła zrozumieć.

Kiedy ssała, poczuła dłonie Paula pocierające jej włosy.

Poczuła, jak jego członek w jej ustach stał się jeszcze sztywniejszy.

Robiła wszystko, co w jej mocy, aby użyć języka na jego członku, co zawsze jej mówiono, że sprawiało przyjemność.

Kutas wszedł jej do ust, przez co zaczęła się krztusić.

Odruch wymiotny był okropny.

Ale Paul wyobrażał sobie, ile Cristina może znieść, więc nigdy nie naciskał zbyt mocno.

To oznaka profesjonalisty, pomyślała.

Patrzyła, jak Paul pieścił się do orgazmu, podczas gdy czubek jego erekcji wciąż znajdował się w jej ustach.

Trzymała mocno zaciśnięte usta wokół niego.

Paul warknął, głaszcząc ją wściekle.

Kilka sekund później jej język był pokryty spermą Paula.

Jet za strumieniem.

Miał inny smak.

Z trudem przełknęła ślinę, żeby nie przepełnić ust.

Kilka sekund później wypływ nasienia ustał i Cristina połknęła wszystko.

„O mój Boże" – powiedział Paul, wyciągając swojego kutasa z jej ust. „To było cudowne. Gdzie nauczyłeś się tak ssać?"

Pochylał się przez chwilę, po czym wstał, żeby zapiąć spodnie.

Potem pochylił się, żeby rozwiązać Cristinę.

Kiedy została uwolniona, pogłaskała swoje nadgarstki i kostki, które miały ciemnoczerwone ślady.

Szybko zorientowała się, że nadal jest zupełnie naga i że już jej to nie obchodzi.

Lubiła być nago przed Paulem.

„Naprawdę podobało mi się całe to doświadczenie" – zauważył z przekonaniem.

Paul dotknął jej szyi i pocałował ją w czoło, a potem bardziej w policzki.

Na koniec złożył kilka pocałunków na jej włosach.

„Ja też. Nasze partnerstwo będzie układać się bardzo dobrze. Pomyśl o wszystkich możliwościach, którymi możemy się razem podzielić".

"Ja wiem."

„Jesteś jak motyl, który rośnie na moich oczach" – powiedział.

– To wszystko twoja wina – uśmiechnął się. „A teraz, jeśli mi wybaczysz, zrobiłem na lunch coś wyjątkowego. Będzie ci smakować. Jestem pewien, że nabrałeś apetytu, więc lepiej już pójdę to zrobić".

Cristina wstała i nago podeszła do drzwi.

W jego chodzie była pewność.

Uwielbiała być nago.

To była zabawa.

Płyn spłynął jej po nogach.

Smak spermy wciąż miał w ustach.

Potem zatrzymała się, gdy dotarła do drzwi, i odwróciła się, by spojrzeć na Paula, dumnego ze swojego nagiego ciała.

Powiedziała mu, żeby się nie martwił bałaganem w salonie, ona posprząta później.

Stanowiło to część jego nowo nabytych obowiązków.

ZDRADZONY

58

ROZDZIAŁ I

Becky usłyszała szczęk klucza w zamku.

Zbiegł po schodach, zapalił światło w korytarzu i otworzył drzwi.

Jack stał w deszczu, z kapturem naciągniętym na głowę, kluczem zatrzymał się w dłoni, a jego ciemne oczy wpatrywały się w nią.

„O mój Boże, przyszedłeś" – powiedziała radośnie Becky.

Skoczyła do przodu i objęła go ramionami, przytulając go , czując, jak deszcz pokrywający jej płaszcz wsiąka w górę jej obcisłego ubrania.

Nie obchodziło ją to.

Jej mężczyzna tu był i tylko to się liczyło.

Wypuściła Jacka z wylewnego uścisku i położyła mokre dłonie na jego twarzy.

Jego poważny wyraz twarzy nie uległ zmianie.

„Co się stało?" – powiedziała.

"Musimy porozmawiać."

Becky poczuła ucisk w żołądku, ale odsunęła się, aby Jack mógł wejść i zdjąć jej mokre buty.

Wszedł do salonu, nerwowo zacierając ramiona, czekając, aż Jack przekaże mu złe wieści, cokolwiek to było.

Następnie wszedł do salonu, wciąż z poważnym wyrazem wymizerowanej twarzy.

– Proszę, daj nam drinka – powiedział.

Becky podeszła do wózka z alkoholem i nalała mu dwie brandy .

Ręka mu się trzęsła, gdy podawał jej jeden ze kieliszków, a swój szybko wypił.

Jack podszedł do kanapy w całkiem wilgotnych skarpetkach.

Obraz, jaki nam przedstawił, był nieco komiczny.

Roześmiałaby się, gdyby nie fakt, że chwila była dość napięta.

Usiadł na skraju siedzenia, nie poprawiając się, nie zdejmując płaszcza, przygotowując się do przekazania złych wieści.

Zanim zaczął mówić, wypił duży łyk brandy.

„Ona wie o nas wszystko" – powiedział po wypiciu alkoholu z ostatnim westchnieniem.

Becky poczuła, jak uginają się pod nią kolana, a serce bije jej mocniej.

Nalał sobie kolejny kieliszek brandy.

Podszedł do kanapy przed Jackiem i usiadł.

"Jak?" Powiedział po kolejnym łyku ciepłego płynu.

"Powiedziałem."

Becky zmarszczyła brwi.

– Powiedziałeś mu? Po co do cholery?

– Nie mogłem już tego znieść.

Becky wstała.

– Proszę, powiedz, że żartujesz, Jack.

Pokręcił głową w zaprzeczeniu.

„Dlaczego miałbyś powiedzieć żonie, że ją zdradzasz?"

Jack podniósł wzrok spod krzaczastych brwi, które nadawały mu wygląd psotnego szczeniaka.

„Nie widziałem, żeby była obojętna i spokojna, gdy nadal ukrywała nasz brudny sekret".

— Nasz brudny sekret. Tylko na tym mu zależy? Becky pomyślała.

„No cóż, co powiedziała?" zapytała Becky , udając, że nie usłyszała ostatniego komentarza, chodząc tam i z powrotem po pokoju.

„Chce dać nam kolejną szansę. Jeśli to się skończy".

Becky zatrzymała się i spojrzała na twarz Jacka.

„Nie? Masz na myśli, że ty i ona jesteście razem po tym, jak jej o tym powiedziałeś?"

Jacek skinął głową.

– Masz zamiar mnie tak po prostu zostawić? Bo ona tak mówi?

"Ona jest moją żoną."

– A czym byłem?

„Wiesz, co to było. Mówiłem ci, że nigdy nie opuszczę żony. Między mną a tobą zawsze był seks".

Wiesz, co to było. Przeszłość. W jego umyśle to już się skończyło. Jak on mógł mi to zrobić?

Chociaż powiedział, że nigdy nie opuści Mary, Becky myślała, że uda jej się go przekonać, że naprawdę jest kobietą, której potrzebował.

A to nie jest tak?

Wydawało się, że nie.

Jack dokończył drinka i wstał, aby wyjść.

Becky podeszła do niego.

- To wszystko? - spytała, patrząc na niego gniewnie. – Po prostu rzucisz to na mnie i odejdziesz?

Jack westchnął, odpychając ją i ruszył korytarzem.

„Becky, mam dzieci" – powiedział, teraz zirytowany.

O nie, nie zamierzał tak łatwo się z tego wyplątać.

Wcześniej były to same komplementy, dokuczanie i wiadomości erotyczne, a na koniec mnóstwo pocałunków, które miały mnie oczarować.

Tak właśnie robi każdy, aby dostać to, czego chce.

Potem, kiedy mają już dość, przyjmują postawę obronną i próbują się ciebie pozbyć.

Teraz ukazała się prawdziwa twarz Jacka.

Była dla niego niczym więcej niż kawałkiem mięsa, łatwym seksem.

Szumowina.

Dziwka.

Tak zawsze traktowali ją mężczyźni. Jack nie miał być inny.

„ I co z tego? Wiele osób się obecnie rozwodzi. Dzieciom to wychodzi. Nadal mają oboje rodziców" – powiedziała chłodno.

- To chłopcy, Becky – warknął Jack. „Potrzebują rodziny. Bezpieczeństwa. Taty, który jest zawsze w pobliżu. A nie takiego, który pojawia się kilka razy w tygodniu".

Co ze mną? pomyślała nieco samolubnie.

Kobieta, która nie może mieć dzieci.

Kobieta, która zawsze i zawsze będzie trwale bezpłodna, niezdolna do zapewnienia mężczyźnie rodziny.

Zjawisko.

Ten rzadki.

Taki, który nadaje się tylko do zabawy, do pieprzenia.

Kto by ją naprawdę pokochał?

– Przyjdę do twojego domu – zagroził. „Powiem jej, co zrobiliśmy. Jak zabrałeś mnie swoim samochodem do lasu i pieprzyłeś się na tylnym siedzeniu. Gdzie jej dzieci siedzą codziennie w drodze do szkoły. Jak zabrałeś mnie do tej samej restauracji, w której zaproponował jej." Zobaczmy, czy w takim razie zmieni zdanie."

Jack odwrócił się w drzwiach, spuszczając palce z kaptura, który miał właśnie założyć na głowę.

„Nie zrobisz tego".

"Spójrz na mnie."

Becky po raz pierwszy dostrzegła w oczach Jacka wyraz, który widziała już u wielu mężczyzn.

Niesmak.

Cokolwiek ich łączyło, czymkolwiek ona dla niego była, zniknęło.

Wiedziała, że nigdy tego nie odzyska.

Jego górna warga wykrzywiła się, gdy naciągnął kaptur na głowę i sięgnął w dół, by chwycić buty.

Becky poczuła, jak ciepło znika z jej ciała, a chłód powraca.

Porzucenie.

Czuła to już zbyt wiele razy.

„Nie możesz mnie tak po prostu zostawić, Jack" – błagała, czując znajomy strumień łez płynący z jej oczu.

– To koniec – warknął głosem pełnym złości.

„Nie rób mi tego, Jack. Proszę!"

Zawiązał sznurowadło buta i wyprostował się, patrząc na nią spod osłony kaptura.

„Nigdy więcej nie zbliżaj się do mnie ani mojej rodziny. Jeśli to zrobisz, wezwę policję".

Podniósł rękę i upuścił klucz na podłogę.

Klucz, który dała mu w nadziei, że uzna go za swój prawdziwy dom, w którym w końcu zamieszka na stałe.

To było ostatnie pchnięcie w jego serce.

Pchnął drzwi i zrobił szybki krok w stronę ogrodu.

Becky stała na macie, jej policzki lśniły od łez w jasnym świetle salonu, obserwując jego wysoką postać kroczącą przez deszcz.

Z daleka od niej.

Wracając do jego rodziny.

Zniknął z jego życia na zawsze.

ROZDZIAŁ II

Becky spojrzała w swoją szklankę i poczuła, że zakręciło jej się w głowie.

Whisky pozostawiła na jego języku kwaśny, gorzki posmak.

Palce drżące nad szkłem podniosła je i rzuciła w ścianę kominka.

Zderzył się z lustrem, powodując eksplozję odłamków szkła, które następnie spadły kaskadą na podłogę i gruby dywan.

Zeskoczyła z kanapy i pomaszerowała w stronę telefonu.

Łzy napłynęły jej do oczu, gdy chwyciła słuchawkę, ale powiedziała sobie, że nie będzie już płakać.

Przygryzła wargę, z determinacją wybierając numer.

Po chwili odezwał się szorstki, męski głos.

"Cześć?"

– Harry, tu Becky – powiedziała, tłumiąc swoje pijaństwo parsknięciem.

„Becky? Jezu, dlaczego dzwonisz właśnie teraz? Jest druga w nocy".

„Przepraszam. Po prostu... muszę z kimś być".

„Co? Właśnie teraz?"

"Tak."

Usłyszał szelest na drugim końcu linii, trzask wyschniętego od papierosa gardła Harry'ego, gdy chodził po łóżku.

„Naprawdę budzisz mnie w środku ranka na seks?"

Na jego słowa Becky poczuła ucisk w żołądku.

A co jeśli tak naprawdę nie potrzebowała kogoś do zaspokojenia swoich potrzeb?

Jednak Harry'ego to nie obchodziło.

Był zwykłym człowiekiem, który miał tylko jedno na głowie.

Powstrzymała pokusę eksplozji.

„Dlaczego nie? To równie dobra okazja, jak każda inna" – powiedziała nieco wzburzona.

– Muszę wstać o szóstej.

- I co z tego? Jutro możesz spać. I przynajmniej pójdziesz do pracy zadowolony, zamiast ziewać.

„Jestem teraz zdruzgotany. Jedynym sposobem, aby nie iść do pracy ziewając, jest przespać się jeszcze kilka godzin i nie ćwiczyć".

Becky ze frustracji zacisnęła usta i chwyciła papierosy, które położyła obok telefonu.

Zapalił jednego i zaciągnął się długo i głęboko, po czym potarł kciukiem skroń, wydmuchując gęsty dym.

„Zrobię, co chcesz" – powiedziała, a nikotyna dodała jej dość sił, by spróbować go uwieść.

- Co? - zapytał Harry.

„Wsadzę ci język w dupę. Zjem cię tak, jak mężczyzna zjada kobietę".

Nastąpiła pauza i czuł, że Harry myśli po drugiej stronie.

Niewiele kobiet było skłonnych zjeść męski tyłek, a Harry miał szczególnie wrażliwy odbyt, a jej język miał zdolność sprawiania, że całe jego ciało napinało się i jednocześnie krzyczało.

Jednak wyglądało na to, że dzisiejszego wieczoru był naprawdę zmęczony. Nawet to nie wystarczyło, żeby go skusić.

- Och, Becky. Nie mogłaś zadzwonić w lepszym momencie?

„Założę pasek. Wyrucham cię długo i mocno. Czy tego chcesz, Harry? A. Długo. Mocno. Kurwa".

Harry brzmiał na zdenerwowanego i wzburzonego, kiedy odpowiedział.

Becky wiedziała, że jego kutas stwardniał pod pościelą pod wpływem jej wyraźnego, obrzydliwego gniewu.

Ale bez względu na to, czym próbowałam go kusić, nie wyglądał, jakby miał zamiar ustąpić.

„Przykro mi, Becky. Muszę wpaść. Jak minął piątkowy wieczór?"

Becky dostrzegła popielniczkę na stoliku do kawy i zgasiła papierosa.

– Jesteś taki sam jak wszyscy mężczyźni, prawda? Myślisz, że przybiegnę, kiedy tak mówisz. No cóż, wiesz co, Harry? Możesz się pieprzyć. To była twoja ostatnia szansa i po prostu ją schrzaniłeś.

– Co... Becky?

„Cześć, Harry. Śpij głęboko, jeśli możesz. Cholera!"

Rzucił telefon w słuchawkę.

Becky siedziała przez chwilę na łóżku, serce jej łomotało, krew się gotowała, a milion różnych myśli konkurowało w jej głowie o pierwszeństwo.

Jak mogli mu to zrobić?

I jeszcze raz.

I dlaczego im na to pozwalała?

Ciągle wpadamy w tę samą starą pułapkę .

Wiedziała, co powiedzieliby psychiatrzy.

Nie doceniasz siebie wystarczająco.

Jak może oczekiwać szacunku, skoro nawet samej siebie nie szanuje?

Cóż, łatwo im to mówić.

Chcą wiedzieć, jak to jest czuć się jak dziwka, która pozwala mężczyznom używać swojego ciała jak brudnej szmaty.

Matka, która zamierzała pieprzyć się ze swoimi chłopakami i zostawiać córkę samą w domu, zmarzniętą i głodną, bez nikogo, kto by ją kochał.

Kobiety, która latami wmawiała jej, że ojciec jej nie kocha.

Że porzucił ich przez niego.

Prawda była taka, że odszedł zastraszony uległością, której została przez nią poddana, i zbyt przerażony, aby powrócić do jej rządów terroru.

Becky ukryła twarz w dłoniach i pozwoliła łzom zalać jej dłonie.

Zostawiłeś mnie, tatusiu.

Jak mogłeś zostawić mnie z tą psychopatyczną suką?

Usiadła i zmusiła się do powstrzymania łez.

Smutek zmienił się w gniew jak przełączenie przełącznika.

Jego ojciec był pieprzonym tchórzem.

Jak wszyscy mężczyźni.

Chodzili kontrolowani przez piłki, które kołysały się między ich nogami, ale nie mieli odwagi, aby ich użyć.

Mogła tego dokonać tylko kobieta.

Ból był zbyt duży.

Becky potrzebowała seksu.

Tylko to mogło ją uspokoić.

Seks ukoi ból, który czuł w środku.

Ból wynikający z braku miłości i odrzucenia, przez co czuła się jak brudna i jednorazowa dziwka.

Przez kilka krótkich chwil namiętny pocałunek, pożądliwy impuls, który doprowadzi ją do orgazmu i poczuje się uzdrowiona.

Wszystko znowu dobrze.

Kochany.

Jedynym problemem było to, że stało się to uzależnieniem.

A kiedy już wszystko się skończy, kiedy mężczyźni odejdą i wrócą do swoich żon lub następnej kobiety chcącej rozłożyć nogi, to ciemne miejsce powróci.

Do następnego rozwiązania.

Becky nie mogła już tego znieść.

To było wystarczająco.

Tym razem ktoś miał zapłacić.

ROZDZIAŁ III

Zemsta jest słodka.

Przynajmniej tak mówią.

Becky zastanawiała się nad tym, czesząc przed lustrem swoje długie czarne włosy.

Była naga, jeśli nie liczyć pary czarnych majtek ozdobionych małą czerwoną kokardką.

Jej czterdziestotrzyletnie piersi były równie jędrne jak u kobiety młodszej o dziesięć lat.

To był jeden z pozytywnych aspektów braku możliwości posiadania dzieci.

Na dłużej zachowała figurę i wspaniałe wdzięki.

Gdy włosie szczotki przesuwało się po jej włosach, poczuła spokój, jakiego nie czuła od lat.

Coś w końcu się w niej obudziło.

Nie będzie już ofiarą.

Walczyła.

Miała zostać wojowniczką.

S wybrała ze swojego makijażu sztyft ciemnoczerwonej szminki i ostrożnie nałożyła go na usta, dodając odrobinę pełni, dodając dodatkowy milimetr wokół krawędzi.

Kolor uzupełniał jej ciemne włosy i oliwkową skórę, nadając jej lekko śródziemnomorski wygląd, który nie mógł być dalszy od jej brytyjskiego dziedzictwa.

Musiała przyznać, że wyglądało to nieźle.

Może i miała trochę zachrypnięty głos od palenia i gównianego dzieciństwa, nie mówiąc już o piciu, ale wiedziała, jak pokazać się na seks.

Nauczyła się tej umiejętności od swojej matki, a kiedy zdała sobie sprawę, jak twarde są dziewczyny z północy, nauczyła się również wykorzystywać ją na swoją korzyść.

Seksowne dziewczyny miały moc.

Mogły kontrolować mężczyzn za pomocą ich ciał, zapachu i prowokacyjnego wyglądu.

Kiedy Becky o tym pomyślała, zdała sobie sprawę, że to właśnie pozwoliło jej przetrwać tyle lat.

Wstał i podszedł do dużego lustra.

Przechylając głowę na bok, objął jej piersi.

Wydęła usta świeżo pomalowanymi ustami.

Tak, wyglądała na tyle dobrze, że mogła zjeść coś apetycznego.

I zjeść też ciebie, pomyślał ze zmysłowym śmiechem.

Na łóżku leżała czerwona sukienka.

Krótki.

Bardzo prowokacyjne.

Niski dekolt eksponujący piersi.

Wsunęła w niego bose stopy i podciągnęła wzdłuż ciała.

Patrząc w lustro, odwróciła się i zapięła mu guziki.

Podziwiała jedwabisty materiał, marszczony w biodrach, który podkreślał jej typową klepsydrę.

Obok drzwi stał rząd butów na wysokim obcasie.

Becky podeszła i wsunęła stopy w czerwone buty.

Kolor tego wieczoru był szkarłatny.

Czerwony za krew i morderstwo.

ROZDZIAŁ IV

Taksówkarz zatrzymał się przed klubem.

Becky zauważyła, że przy drzwiach stało dwóch bramkarzy.

Zapłaciła taksówkarzowi i wyszła na latarnię. Miękkie powietrze dotknęło jej nagich ramion, a klubowa muzyka dudniła jej pod stopami.

Zamknęła drzwi taksówki i poszła w stronę wejścia, zakładając pasek małej czerwonej torby na ramię.

Meeting Place to nowoczesny klub dla panów, który pojawił się w mieście kilka lat temu.

Przychodzili tam mężczyźni w każdym wieku, ubrani w najmodniejsze garnitury, moczący się w butelkach płynu po goleniu, próbując przyciągnąć uwagę dziewcząt z północy, które gromadziły się w ich zapachu jak suki w czasie rui.

Becky nie była wyjątkiem.

Ale dziś wieczorem jej umysł był skupiony szczególnie na jednym mężczyźnie.

To miejsce tętniło życiem i było zajęte przez całą noc w środku tygodnia.

Piosenkarz występował na scenie po jednej stronie sali, a bar po drugiej był wypełniony starszymi facetami pochylonymi nad szklankami piwa.

Mężczyźni i kobiety siedzieli na dużej przestrzeni wypełnionej stołami pośrodku sali, rozmawiając i patrząc w stronę sceny.

Becky poszła do baru i przywołała przystojnego młodego barmana z fryzurą na szpic.

„Czy Ricky jest tu dziś wieczorem?" zapytała.

Kelner skinął głową. "Z powrotem."

Becky posłała mu uśmiech i odeszła od kontuaru, zauważając, że oczy starszych mężczyzn przeniosły się z drinków na nią.

Upewnił się, że dobrze widzą jego tyłek, gdy zniknął w korytarzu prowadzącym do biur na tyłach.

Ricky Morris był właścicielem pięciu klubów nocnych w rejonie Maine.

W latach dziewięćdziesiątych zarobił pieniądze na podejrzanych transakcjach i otworzył sieć klubów dla mężczyzn, które natychmiast stały się hitem wśród rozbrykanych chłopaków z Północy.

Znany był także ze współpracy ze striptizerkami i prostytutkami, dostarczania im klientów i obcinania ich zysków.

Becky poznała go dwa lata temu podczas premiery *Lugar de Encuentro* .

Ze wszystkich atrakcyjnych kobiet i ładnych dziewcząt tamtej nocy, to właśnie do niej się zbliżył.

Być może rozpoznał w niej coś z siebie, męską cechę, która przemawiała do jego ambitnej i przedsiębiorczej natury.

Kobiety, która nie kłaniałaby się ani nie przyklaskiwała jego pieniądzom i dobremu wyglądowi.

Kobieta, która udawała twardą, aby dostać to, czego chciała.

Becky zapukała do jego drzwi, ale nie czekała na odpowiedź.

Gdy wszedł do pokoju, zobaczył błysk ciała i poczuł niepowtarzalny zapach seksu.

Na biurku leżała dwudziestokilkuletnia kobieta, z nagimi piersiami odsłoniętymi spod sukienki, która wciąż była owinięta w talii.

Ricky pieprzył ją z pozycji stojącej, z czarnymi spodniami wokół kostek, a na ogolonej głowie lśnił pot.

Odwrócił głowę, słysząc przerwanie.

"Pierdolić." Odsunął się od kobiety i Becky zobaczyła jego dużego kutasa, nabrzmiałego od podniecenia, śliskiego od kobiecego soku.

Kiedy zobaczył, kto wszedł do pokoju, westchnął, pochylił się i podciągnął spodnie.

Kobieta przy stole zakryła piersi, próbując ukryć zakłopotanie zmysłowym śmiechem.

Mała dziwka, pomyślała Becky, wchodząc bezwstydnie do biura.

Ricky zapinał skórzany pasek w talii, kiedy potrząsnął głową, nakazując dziewczynie wyjść.

Wciąż zakrywając piersi, skromnie zsunęła się ze stołu, chwyciła buty na wysokim obcasie i na palcach wyszła z pokoju.

Ricky obszedł swoje biurko i kątem oka spojrzał na Becky. Jego twarz była czerwona.

Wyjął chusteczkę z kieszeni koszuli, wytarł czoło i sięgnął do szuflady po srebrną papierośnicę.

- Czemu zawdzięczam tę przyjemność? - zapytał otwierając pudełko i wyciągając kolorowego papierosa.

Zaproponował jednego Becky.

Podeszła do biurka i wzięła jednego z papierosów, nie spuszczając z niego wzroku.

Było szkarłatne.

- Znowu sprawdzasz jakość towaru? - zapytał, wkładając czerwonego papierosa do ust.

Ricky zmrużył swoje bystre, niebieskie oczy, zapalając papierosa, a następnie uniósł zapalniczkę, aby zapalić Becky.

– Jaki jest sens przeszkadzania mi, wchodząc tutaj bez zapowiedzi?

Becky zaciągnęła się odrobinę zapalonego papierosa.

Wypuściła dym, który cienką nitką ciągnął się ku sufitowi.

– Widzę, że ostatnio jesteś zajęty.

Spojrzała na stół z uśmiechem.

Na powierzchni szkła nadal widoczne były ślady potu w miejscu pośladków kobiety.

Ricky usiadł ciężko.

Becky niemal słyszała bicie jej serca, krew wciąż pulsującą w jej ciele po przerwanej sesji seksualnej.

Przyglądał się jej z zaciekawieniem.

"Jesteś skończony?"

Becky pokręciła głową.

„I co z tego? Zauważyłem w tobie coś innego".

Becky odgarnęła włosy i spojrzała na duże akwarium świecące za głową Ricky'ego.

Duża ryba w bardzo małym stawie, pomyślał cierpko.

Mógł mieć pieniądze i władzę nad kobietami, ale siedząc na krześle i nie mając pojęcia, co się wydarzy, był równie słaby i żałosny jak każdy inny mężczyzna.

„Przypuszczam, że to musi być pogoda miesiąca" – powiedział sucho.

Zdjął torbę z ramienia i ostrożnie położył ją na szklanej powierzchni na stole.

Ricky z zainteresowaniem obserwował jego ruchy.

Obeszła biurko i oparła pośladki o jego twardą krawędź.

Ricky obrócił się na krześle, odchylił się i przyjrzał jej się uważnie.

– Jesteś w nastroju – powiedział ostrożnie.

„Kiedy mnie nie ma?" – odpowiedziała.

Ricky uśmiechnął się.

Uwielbiał to w niej.

Ten odważny i chętny apetyt na seks.

Zwłaszcza od kobiety.

Sprawił, że stał się twardy w ciągu kilku sekund. Becky czekała, aż jego kutas znów się obudzi, gdy poruszała ciałem, by pokazać piersi.

„Jesteś dziwką" – powiedział Ricky. „Nic cię nie powstrzymuje, prawda? Nawet niechlujne sekundy z małą dziwką".

„Ona była tylko przystawką. Ja jestem daniem głównym. Prawdziwy seks".

Becky podciągnęła sukienkę pod udo i wsunęła palce między nogi.

Przed wyjściem z domu zdjęła majtki, więc miał łatwy dostęp do gołych ust pomiędzy jej nogami.

Spojrzał na Ricky'ego i ponownie zaciągnął się papierosem.

Wybrzuszenie, które wciąż rosło w jego spodniach, powiedziało jej, że planuje znaleźć się w niej za kilka sekund.

Jej cipka zwilżyła się na tę myśl, spotęgowana świadomością, że tym razem satysfakcja będzie słodsza niż jakakolwiek inna.

Położyła dłonie na szklanej powierzchni, zostawiając lepkie ślady swojej piżmowej cipki, i manewrowała, aż znalazła się bezpośrednio przed Rickym.

Położyła obie pięty na poręczach krzesła, rozkładając nogi, aby dać mu pełny widok na to, co było między jej nogami.

Podniecenie błysnęło w oczach Ricky'ego, gdy spojrzał w dół i zobaczył słodycze ukryte pod małą czerwoną sukienką.

– Co mam z tym zrobić? Powiedział sardonicznie, unosząc brwi.

Opierając łokcie na stole, Becky nadal paliła, odpowiadając zmysłowym uśmiechem.

Oniemiały.

Ricky zgasił papierosa, bezwstydnie rozgniatając go o szybę.

Oddychał przez nozdrza, być może po to, by poczuć pachnący smak tego, co miało nadejść, zanurzając długie palce w swoich pięknych ustach.

„Będę cię jeść, aż twoja cipka zacznie kapać do moich ust".

Becky poczuła mrowienie w sromie, gdy zacisnęła mięśnie.

Zawsze kochała chłopca, który lubił lizać cipkę.

Ricky był szczęśliwy, mogąc nasycić twarz jej sokiem, robiąc językiem rzeczy, które przenosiły go gdzie indziej.

To byłby najbardziej humanitarny sposób, pomyślał.

Euforyczny strach.

Jego duże dłonie dotknęły jej kolan i jeszcze bardziej rozłożył jej nogi.

Becky spojrzała na niego z ponurą fascynacją, oceniając podniecenie w jego stalowych oczach.

Oblizał żartobliwie usta.

Becky uśmiechnęła się ze zrozumieniem.

Potem, zanim zdążyła zrobić cokolwiek innego, jego głowa znalazła się między jej nogami, a jego gorący, mokry język zaczął wnikać w nią.

Głowa Becky opadła do tyłu, sapiąc z przyjemności.

„Och, kurwa".

Ricky łapczywie poruszał głową, liżąc jej lepkie ciało.

Jedz, smakuj, wdychaj jego piżmowy zapach.

– Pyszne – Becky usłyszała jego głos z głębokim akcentem z Vermont.

Nie ma mowy, żeby spróbował czegoś tak pysznego jak jego słodka zemsta, pomyślał.

Ricky rozpiął spodnie i wyciągnął swojego kutasa, szarpiąc ją szybkimi, mocnymi ruchami nadgarstka.

Becky przez chwilę zastanawiała się, czy woli jej cipkę od tej, którą pieprzył kilka minut wcześniej.

Potem stwierdziła, że już jej to nie obchodzi.

Wszyscy mężczyźni byli równi.

Dupki, które molestują dziwki i ssą cipki. Nawet gdyby mieli możliwość wysłania cię do miejsc, o których istnieniu nie miałeś pojęcia.

Język Ricky'ego był boski!

Becky spojrzała w dół i zobaczyła, jak błyszcząca, okrągła skóra głowy unosi się i opada.

To był jego moment.

Biorąc oddech, zatrzymała się na chwilę, po czym jednym szybkim ruchem złączyła uda, blokując szyję Ricky'ego między nogami.

Zakrztusił się i próbował się odsunąć, ale bezskutecznie.

Becky sięgnęła do czerwonej torby i wyciągnęła nóż.

Chwyciła rękojeść obiema rękami i uniosła ją nad głowę Ricky'ego.

Kontynuował bełkot, chwytając jej uda, aby je rozchylić.

Ale nie mogła tego zrobić.

Nie mogła pozwolić, aby nóż spadł jej na głowę.

Teraz, gdy nadszedł ten moment, nie wydawało się to już fantazją.

To było jak koszmar.

Nie była morderczynią.

Nie mogła stać się kimś, kim nie była.

Zabili ją od środka i za to nimi gardziła, ale zabijanie z zimną krwią zmieniło ją w coś innego.

To czyniło ją mniejszą od nich.

Becky rozluźniła nacisk swoich ud na głowę Ricky'ego.

Wyłonił się z pułapki, dysząc i masując szyję.

– Szalona, pieprzona suka – krzyknął. "W co grasz?"

Becky schowała już broń w torebce, zanim Ricky wypluł swoją złość.

„Pomyślałem, że może chciałbyś spróbować czegoś nieco ostrzejszego" – wysapał, starając się, jak mógł, ukryć strach w swoim głosie.

Ricky rozsunął nogi i wstał.

„Nie mogłem oddychać!"

Becky bawiła się sukienką i wstała ze szklanego stołu.

Kiedy wstał, zauważył wyraz wątpliwości w oczach Ricky'ego.

– Och, daj spokój – powiedziała. „To była niezła zabawa".

Udało mu się zachować uśmiech, gdy serce biło gorączkowo w jego klatce piersiowej.

Ricky nic nie powiedział, szukając w oczach jakiegoś oszustwa.

Tylko on miałby krew na rękach, gdyby wiedział, że planowała go zabić.

Becky podeszła do niego i pochyliła się blisko jego twarzy.

Pocałowała jego zarumieniony policzek, zostawiając odcisk szkarłatnych warg na jego skórze.

„Mam dość na dzisiaj. Wyjdę lepsza" – powiedziała.

Wzięła torbę ze stołu i poszła w stronę drzwi.

Czuła na sobie wzrok Ricky'ego.

Przenikliwy.

Oskarżycielski.

„Poczekaj" – powiedział.

Becky zatrzymała się.

Jego serce zamarło.

Powoli się odwrócił.

Ciemny zarys Ricky'ego był otoczony jasnym blaskiem wody w akwarium, gdy czekał, aż przemówi.

„Będziesz chciał swoich pieniędzy" – powiedział.

Becky zmarszczyła brwi.

"Jakie pieniądze?"

„Zawsze płacę moim ulubionym dziewczynom".

Becky studiowała jego oczy.

Co on robił?

– Nigdy wcześniej tego nie robiłeś.

– Najwyższy czas, żebym to zrobił.

Wziął z biurka książeczkę czekową.

Wyjął długopis z kieszeni koszuli i coś na nim napisał.

Kiedy przyniosła go Becky, poczuła, jak kłuje ją w szyję.

Ricky dał mu czek.

Becky wzięła go i spojrzała na kwotę.

Czterdzieści tysięcy dolarów.

Zbladła i spojrzała na Ricky'ego z niedowierzaniem.

– Za należne usługi – powiedział.

Becky spojrzała na silną postać.

Czterdzieści tysięcy dolarów.

Spłaciłby kredyt hipoteczny.

Mogłaby kupić nowy samochód.

Unieś się na powierzchnię.

Kup nowe ubrania.

Designerskie buty.

Ricky nie uśmiechał się, gdy patrzył, jak studiuje czek.

Spojrzenie, jakie jej posłał, wyrażało niepokój.

Becky spojrzała nerwowo w jego stalowoniebieskie oczy.

Wiedział, że próbowała go zabić.

On za to płacił.

Weź pieniądze, zostaw mnie w spokoju, nie przychodź.

Nie chciała go zawieść.

Udało mu się uśmiechnąć, po czym odwrócił się, aby opuścić pokój, w drżącej dłoni wciąż trzymającej swoją nową fortunę.

LEPIEJ W TRÓJKĄCIE

We trójkę przytuliliśmy się na kanapie i oglądaliśmy tandetny film HBO.

Byłam pośrodku, opierając się o mojego chłopaka Petera i jego najlepszego przyjaciela Ricky'ego, który opierał się o drugą stronę kanapy.

Peter odwrócił głowę w naszą stronę i skomentował, że nie miałby nic przeciwko zrobieniu tego, o czym rozmawialiśmy wcześniej.

Gapiłem się w telewizor i widziałem, jak kobieta radzi sobie z dwoma mężczyznami.

Ricky poruszył się trochę na kanapie.

– Tak, wygląda na to, że może być zabawnie. Powiedziałem patrząc na ekran i zachichotałem.

Następne, co pamiętam, to Peter zaczął przesuwać rękami po moich bokach i sięgnął do dołu mojej koszuli, ciągnąc ją.

Ricky podszedł trochę bliżej i zaczął masować moją nogę, patrząc mi w oczy.

Poczułam, że całe moje ciało podskakuje, nie poruszając się.

Peter posadził mnie i zdjął koszulkę, moje piersi spoczywały w czarnym koronkowym staniku, a sutki były twarde i napierały na materiał.

Następnie przycisnął swoje ciało do mojego, owijając ramiona wokół moich pleców i jednym ruchem nadgarstka uwolnił moje piersi.

Peter zaczął ssać moje piersi, podczas gdy Ricky przesunął ręce do guzika moich spodenek.

Poczułam, że się zmoczę, kiedy Ricky rozpinał moje spodenki, ściągając je z bioder i nóg.

Ku jego zdziwieniu nie miała na sobie majtek.

Ricky oblizał usta i przysunął twarz bliżej mojej mokrej cipki.

Westchnęłam, gdy poczułam, jak jego język penetruje moje wargi i pieści moją łechtaczkę, przez co Peter mocniej ssie moje sutki.

Przesunęłam jego dłonie na spodnie i zaczęłam pracować nad ich zdjęciem.

Rozłożyłem nogi jeszcze szerzej, żeby Ricky miał łatwiejszy dostęp.

Serce zaczęło mi bić szybciej, gdy to, co się działo, zaczęło osadzać się w mojej głowie.

Kiedy Ricky łapczywie lizał moją mokrą cipkę, zdjął spodnie i niechętnie wycofał się, aby zdjąć koszulę przez głowę.

Następnie Ricky zaczął ciągnąć moje biodra, przyciągając mój tyłek do krawędzi kanapy, wstał i zobaczyłam jego twardego, pulsującego penisa tuż przed tym, jak przycisnął go do moich ust, pocierając moją spuchniętą łechtaczkę.

Kiedy Piotr wstał, zdjął koszulę i rzucił ją na bok.

Następnie wspiął się na kanapę, jego kutas znajdował się kilka centymetrów od mojej twarzy i położył jedną ze swoich nóg na moich nogach.

Jęknęłam, gdy Ricky wepchnął swojego kutasa w moją cipkę, wypełniając mnie całkowicie.

Instynktownie zacieśniłam uścisk wokół jego członka.

Wysunęłam język i przesunęłam nim po czubku dużego kutasa Petera, pochylając głowę do przodu i owijając usta wokół spuchniętej głowy.

Peter oparł się jedną ręką o ścianę, a palce drugiej wsunął w moje włosy, delikatnie prowadząc moją głowę, gdy ssałem jego kutasa.

Ricky przesuwał rękami w górę i w dół po moich bokach i chwycił moje biodra, trzymając mnie nieruchomo, gdy mnie pieprzył.

Moje jęki utonęły w jego.

Zacząłem kołysać biodrami, gdy Ricky zatapiał swojego pulsującego kutasa głębiej w mojej ciasnej, mokrej cipce.

Zacząłem śledzić wnętrze uda Petera, przeniosłem rękę do jego wypełnionych spermą kulek i zacząłem je delikatnie masować, pozwalając im toczyć się w mojej małej dłoni.

Znów jęknąłem, moje usta całkowicie wypełniły się kutasem Petera.

Poczułam główkę jego kutasa dotykającą tylnej części mojego gardła, czując smak precum na moim języku.

Peter odchylił się do tyłu, jego kutas wciąż pulsował od mojego mocnego ssania, i wstał z kanapy, biorąc moją dłoń w swoją.

Usiadłem, a Ricky wyciągnął swojego kutasa z mojej podekscytowanej cipki.

Peter zabrał mnie do sypialni, usiadł na łóżku, chwycił moje szczupłe biodra i przewrócił mnie na drugą stronę.

Ricky stał przede mną i głaskał swojego twardego kutasa, podczas gdy Peter rozłożył moje pośladki.

Następnie Ricky chwycił mnie za biodra i pomógł mi utrzymać równowagę, jednocześnie pomagając ustawić kutasa Petera przed moją ciasną małą dziurką.

Moje kolana dociskały się do piersi, gdy poczułam mokry kutas Petera napięty na moją napiętą dupę.

Jęknęłam, gdy jego kutas powoli penetrował moją dupę.

Ricky odepchnął górną część mojego ciała i wsunął swojego kutasa z powrotem w moją cipkę.

Odchylając się do tyłu, podpierając się ramionami, z tyłkiem i cipką wypełnioną kutasem, jęknąłem głośno i przygryzłem dolną wargę.

Ból i przyjemność wynikająca z podwójnej penetracji były prawie nie do zniesienia.

Peter wsunął swojego ośmiocalowego kutasa głęboko w moją dupę, wypełniając go całkowicie, a następnie zaczął poruszać biodrami.

Jego ręce wokół mojej klatki piersiowej masują moje piersi.

Ricky wściekle pompował moją gorącą, mokrą cipkę.

Jego oddech stał się ciężki, a jego dłonie na moich biodrach przytrzymały mnie w miejscu.

Zacisnąłem mocno wokół ich kutasów, czując, jak zaczyna się rozwijać mój własny orgazm.

Kutas Petera spuchł w mojej dupie, gdy ścisnąłem, a on zaczął mnie pieprzyć szybciej, jęcząc przy tym.

Ricky zamknął oczy i zaczął czuć znajome ciepło na swoim kutasie, gdy pompował go równomiernie w moją cipkę.

Jęczałam niemal przy każdym oddechu, chcąc poczuć, jak eksplodują we mnie.

Ścisnąłem mocniej.

Ciało Petera zaczęło się pode mną trząść, gdy jego kutas eksplodował, wypełniając moją dupę gęstą spermą.

Jej jęki mieszały się z jękami Ricky'ego i moimi.

Mocno owinął ramiona wokół mojej klatki piersiowej, gdy jego orgazm osiągnął szczyt, pompując swojego kutasa zrywami do mojej ciasnej dupy.

Kiedy Peter wszedł mi w dupę, poczułem, jak moja kulminacja zaczyna napinać moje ciało, a cipka kurczy się wokół wypełnionego spermą kutasa Ricky'ego.

Zacząłem poruszać biodrami w rytm ruchów Ricky'ego, chcąc spuścić się wokół jego kutasa.

Odrzuciłem głowę do tyłu i jęknąłem tak głośno, że prawie krzyknąłem, gdy osiągnąłem szczyt , z kutasem w każdej dziurce.

Ricky nie mógł już dłużej się powstrzymywać, rozluźnił się i wypełnił moją cipkę strumieniami swojej spermy.

Oboje się trzęśliśmy, nasze ruchy stały się wolniejsze, jęki ucichły, a kulminacje ustały.

Ricky pochylił się do przodu, pocałował mnie delikatnie i uśmiechnął się, wyciągając swojego kutasa z mojej pochwy i pomagając mi wstać z łóżka.

Peter szybko wstał, stanął za mną, objął mnie w talii i pocałował w policzek.

Powiedział pomiędzy śmiechem:

„Tak, właściwie to było zabawne... ”

KONIEC

84